鲁迅文学奖获奖作家自选集

刘笑伟　主编

★★★

报告文学·散文合集

海阔天高

许　晨◎著

中国言实出版社

图书在版编目（CIP）数据

海阔天高 / 许晨著. -- 北京：中国言实出版社，
2024.7. --（鲁迅文学奖获奖作家自选集 / 刘笑伟主
编）. -- ISBN 978-7-5171-4909-5

Ⅰ. I217.2

中国国家版本馆CIP数据核字第20248WN542号

海阔天高

责任编辑：宫媛媛
责任校对：张国旗

出版发行：中国言实出版社

地　址：北京市朝阳区北苑路180号加利大厦5号楼105室
邮　编：100101
编辑部：北京市海淀区花园北路35号院9号楼302室
邮　编：100083
电　话：010-64924853（总编室）　010-64924716（发行部）
网　址：www.zgyscbs.cn　　电子邮箱：zgyscbs@263.net

经　销：新华书店
印　刷：徐州绪权印刷有限公司
版　次：2024年10月第1版　　2024年10月第1次印刷
规　格：880毫米×1230毫米　1/32　7.25印张
字　数：185千字

定　价：59.00元
书　号：ISBN 978-7-5171-4909-5

总　序

文 / 徐贵祥

　　2023 年八一建军节之际，欣闻中国言实出版社正在组织编纂一套"鲁迅文学奖获奖作家自选集"丛书，而且第一批十一卷本即推出十一位军旅作家的作品，感到十分振奋和欣喜。

　　鲁迅文学奖是体现国家荣誉的重要文学奖之一。中国言实出版社"鲁迅文学奖获奖作家自选集"丛书收录了走上中国文学圣殿作家的获奖作品（节选），以及由作家本人精选的近年来创作的代表作，每一本"鲁迅文学奖获奖作家自选集"既是对现实生活的生动写照，也是对时代精神的赓续和传承，体现了文学的风骨，彰显了中国精神、中国特色和中国气派。我为中国言实出版社的胆识和气魄叫好！据我所知，在第七届、第八届鲁迅文学奖的评选中，中国言实出版社连续两届都有作品荣膺鲁迅文学奖桂冠。这个成绩的取得十分不易，可喜可贺！

尤其令我欣慰与自豪的是，第一批十一卷本以军旅作家为代表，收录了十一位获得鲁迅文学奖的军旅作家的作品。这些作品体现了近年来军事文学取得的突出成绩，展现了新时代强军兴军伟大历史进程中人民军队的精神风貌，是新时代军旅文学的重要果实，是军旅作家们献给建军百年的一份难得而珍贵的文学记忆。

军事文学是社会主义先进文化的重要组成部分，无论在艰苦卓绝的战争年代，还是在意气风发的和平建设时期，军旅作家肩负着光荣使命，弘扬时代的主旋律，倾情书写爱国主义和革命英雄主义精神，在中国文学史上留下了一部又一部难忘的经典，耸起一座又一座艺术的高峰。

新时代以来，随着强军兴军的时代步伐的迈进，人民军队体制一新、结构一新、格局一新、面貌一新，发生了深刻的变化，军事文学也迎来了全新的机遇与挑战。面对强军兴军的崭新实践，军旅作家们深入生活、深入基层、深入官兵，创作出一大批优秀文学作品，捕捉到反映出新时代特质的崭新意象，描绘出一系列新时代官兵的艺术形象，非常值得鼓励和提倡。这套丛书，就是对新时代军事文学的一次检阅。

我想，军旅作家们任何时候都不能缺失责任感和勇气，军旅文学就是要勇于攀登思想与精神的高地。军队作家要进一步"根往下扎，树往上长"，贴近基层、贴近生活、贴近官兵、贴近现实。同时，要把握世界军事格局的新变化、新动态，掌握强军训练出现的一些新特点，这样才能够写出接地气、有温度、有力度的军事文学作品。

"鲁迅文学奖获奖作家自选集"丛书给了军旅作家这样一个展示军旅文学最新成果的平台，善莫大焉。相信这套丛书一定能够得到读者的喜爱！

2023 年 8 月 1 日于京郊

（徐贵祥，中国作家协会副主席、军事文学委员会主任，茅盾文学奖获得者）

自　序

又是一年芳草绿，依然十里杏花红。

日复一日，年复一年，逝去的是如水岁月，留住的是永恒记忆。

在甲辰龙年这个美丽而温馨的春天里，我有幸接到邀约，参加由鲁迅文学奖获得者、国防大学军事文化学院刘笑伟副院长主编的一套丛书——鲁迅文学奖获奖作家自选集。因我的作品《第四极——中国"蛟龙"号挑战深海》荣获第七届鲁迅文学奖报告文学奖，被邀请自选"中短篇报告文学、散文集"。

尽管手头正在深入生活、采访写作一部新的长篇报告文学作品，十分繁忙，但我还是高兴地答应下来并表示了由衷的感谢之情。于是，利用春节休假期间，在一片红红火火过大年的氛围中，我置身书房，翻检旧作，宛如沿着时光之河上溯了一程，重新浏览两岸或豪壮或婉约的风光。

我曾经是一名军人，一名原济南军区空军航空兵某团的宣传干事，随同轮战部队武装空运上前线，参加过西北地空导弹实弹打靶训练，后考入解放军艺术学院文学系学习，是经过部队锤炼的。转业后，就职于山东省作家协会主管的山东文学社，从编辑部主任、副主编、社长，到山东省作协副主席，一直坚持写作并且有些反响不错的作品问世。正如我在部队的恩师、著名军旅作家李心田先生赠诗所言："远近看许晨，机敏有精神。编写两只手，得失一寸心。"

或许因了我在部队做过宣传文化工作的缘故，我形成了不怕吃苦、敢冒风险的精神，并且具有新闻记者的敏感性，尤其钟爱报告文学和散文体裁，一旦感觉某类选题不错，不管怎样艰辛坎坷，都会义无反顾地冲上前去。虽说本身是空军出身，可我特别喜欢大海，希望为建设海洋强国尽绵薄之力。为此，我在 2011 年辞去山东文学社社长职务，调至海滨城市青岛，专职研究和创作海洋文学。其间，两次登上科考船深入太平洋采访、体验，克服台风大浪等困难，写出了系列海洋纪实文学，获得好评。

当然，尽管海洋选题是我创作的"根据地"，但并不受此局限，因为我们的生活是丰富多彩的，遇到各个层面的喜怒哀乐之事，还是酌情挥笔，生动而形象地记录大千世界。所以，我把这部自选集取名为《海阔天高》，就是要表达"海阔凭鱼跃，天高任鸟飞"之意，描绘一幅"万类霜天竞自由"的景象。

由于篇幅所限，只能从各方面考虑择优入选，有些长篇不可避免地割爱了。即便如此，我还是尽量将近几年行走于大江南北、抒发家国情怀的作品编选在册，希望大家喜欢并教正。

与时代同行，为人民而歌，我愿再接再厉，再谱新篇。谢谢读者和编者！

2024 年 3 月写于黄海之滨

目 录
CONTENTS

报告文学

散　文

报 告 文 学

人类的极地探索

　　呼啸的寒风如同饥饿的野兽，歇斯底里地吼叫着，卷起漫天的雪团拍打着混沌的世界。几个衣衫褴褛、面容憔悴的人行走在冰封的雪地上。他们时而驻足喘息着望望远方，时而互相搀扶着跌跌撞撞，迷茫的眼睛里闪着暗淡的光……

　　这是 1912 年早春的一天，以英国上尉罗伯特·斯格特为首的五人南极探险队，经历了数月地狱般的旅程，终于成功到达了南极点。就在他们准备欢呼胜利的时刻，却震惊而悲哀地发现：挪威人阿蒙森早于四周前就在这里插上了本国的旗帜。在一场冲击南极点的较量中，斯格特小队彻底失败了。极限竞赛，就像争夺奥运会冠军，人们只会记住第一名，第二名则往往被忽略。

　　"最糟糕的事情发生了。"既愤怒又悲伤的斯格特在日记中写道，"再见了，我所有的梦想。我的上帝！这真是个可怕的地方，更糟的是，我们使尽了全力，却无法得到第一人的荣誉……现在我们要回家了，这将是场艰苦的斗争，我不知道我们能否回去。"

他的担心不是多余的。凶猛的暴风雪，零下40多摄氏度的气温，还有体力的极度透支和物资补给的艰难，都是横贯在这些探险者面前的拦路虎。不久，队员埃文斯和奥兹支撑不住，先后死去。剩下三人吃力地拖着双脚，穿过那茫茫无际、像铁一般坚硬的冰雪荒原。他们疲倦至极，已不再抱任何希望，只是靠着迷迷糊糊的直觉，蹒跚地迈着沉重的步履。

1912年3月23日，恶劣的环境阻止了他们最后的努力，食物没有了，燃料用完了。在临时搭起的帐篷中，斯格特用冻僵的手指写下了最后一篇日记："我们这么做是冒险的。我们深知这点，运气没有在我们这边，这都是天意。我们没什么可抱怨的，只能努力到最后一刻。请把这本日记转交给我的妻子……"接着，他又划掉后面的几个字，改为："转交给我的遗孀……"

八个月后，另外一支南极探险队发现了这座帐篷。探险英雄斯格特安静地躺在早已破裂的睡袋内，手边是一本没有写完的日记。另外两名队员路易特和威尔森也似乎正在酣睡。这支冲击南极点的五人小队，全部长眠在探秘极地的路上了，上演了一幕"伟大的悲剧"。

南极，顾名思义就是根据地球旋转方式决定的最南端。而实际上又有南极洲、南极点、南极大陆等多种含义。南极是世界上发现最晚的大陆，95%以上的面积为厚度极高的冰雪所覆盖，素有"白色大陆"之称。其四周有太平洋、大西洋、印度洋，形成一个围绕地球的巨大水圈，呈完全封闭状态。

这是一块远离其他大陆、自然环境非常恶劣、与文明世界完全隔绝的地区。那么，人们为什么要不辞千辛万苦，甚至冒着付出生命的代价前去探寻呢？

我们人类和世间万物赖以生存的地球，是太阳系八大行星之一，按离太阳由近及远的次序排为第三颗。它有一个天然卫星——月球，二者组成一个天体系统——地月系统。地球作为一个行星，远在46亿年以前起源于原始太阳星云。地球会与外层空间的其他天体相互作用，包括太阳和月球。地球是目前宇宙中已知存在生命的唯一天体。

　　星移斗转，沧海桑田。经过千百万年，甚至亿万年的演变，作为主宰地球的万物之灵长——人，远远不满足于本身生存的这片大陆，需要不断地向外扩展和开拓。其原因：一是因为天生的探求未知领域的好奇心和冒险性使然，二是那人迹罕至的地方潜藏着无尽的宝藏和资源，深深吸引着人类的目光。所以，就有了上述斯格特和阿蒙森冲击南极点的壮举，也有了许许多多探索开发北极点的传奇。

　　南极和北极，号称地球上最远端的第一极和第二极。一代又一代各国探险家、科学家披荆斩棘百折不挠，一一征服了它们。从20世纪80年代开始，我们中国人也积极进取，后来居上，克服重重困难，相继在南极建立了长城站、泰山站，在北极建立了黄河站等科学考察站点，为人类探索极地奥秘做出了自己的贡献。

　　除此以外，世界上还有一个最高极——这就是包括喜马拉雅山脉、珠穆朗玛峰在内的青藏高原，主体位于中国境内。它与南极、北极有着共同的气候寒冷、生物罕见的特点，并且还是空气稀薄、气压极低的冻土地带。因此，相对于南极和北极，人们把整个青藏高原称为"世界第三极"。

　　其中的珠穆朗玛峰是喜马拉雅山脉的主峰，位于中国与尼泊尔两国边界上，它的北坡在中国青藏高原境内，南坡在尼泊尔境内。藏语中"珠穆"是女神的意思，"朗玛"是第三的意思。因为在珠穆朗玛峰的附近还有四座山峰，珠峰位居第三，所以称为珠穆朗玛峰。2005 年，中国国家测绘局测量的岩面高为 8844.43 米（29017.2 英尺）。峰体呈巨型金字塔状，威武雄壮、昂首天外，地形极端险峻，环境异常复杂。

银灰色的山峰时隐时现地出现在雾层中，陡峭的山岩布满无尽的皑皑白雪，没有尽头的浅蓝色原始冰川上呈现着千姿百态、瑰丽无比的冰塔林。她就如同一位风姿绰约的女神，亭亭玉立，冰清玉洁，吸引了世界各国无畏之士和登山爱好者的目光，纷纷前来一试身手。然而，严寒、雪崩、缺氧，使这里成为生命的禁区，登上珠穆朗玛峰似乎是个不可能完成的任务。

20 世纪之后，随着医疗水平的提高、地理知识的增加，越来越多的探索勇士试图征服珠穆朗玛峰，但遗憾的是许多人都没能幸运登顶，却在攀登过程中不幸遇难。最先成功登顶的是新西兰登山家埃德蒙·希拉里和尼泊尔夏尔巴人丹增·诺尔盖。他们在 1953 年 5 月 29 日上午 11 时 30 分，战胜千难万险，从珠穆朗玛南坡携手登上顶峰，完成了人类踏上地球之巅的梦想。

自此以后，一支支登山队，一个个勇敢者，沿着胜利者的足迹抑或是失败者的尸体纷至沓来，顶风冒雪，一次次地冲击珠穆朗玛峰。当然，大都是从尼泊尔一侧的南坡登顶。直到 1960 年 5 月 24 日，中国登山队王富洲、刘连满、屈银华和贡布勇挑重任，一步一挪地向顶峰进军。为了尽量减轻负担，他们只携带了氧气筒和一面国旗。即使这样，前进的速度依然慢如蚁爬，因为自 5 月 17 日上山以来，他们一路攀登，体力几乎耗尽了。

约莫走了两个钟头，来到了那像城墙一样，屹立在通向顶峰道路上的第二台阶。队员刘连满甘当"人梯"，让队友踏着他的双肩登上去，自己却支撑不住了。其他 3 人则咬紧牙关继续前进，在爬过又一块积雪的岩坡后，走在最前面的贡布突然叫了一声："再走就是下坡了！"他们举目四望，朦胧夜色中，一座座群峰的暗影，都匍匐在脚下了。他们终于站在了珠穆朗玛峰顶端，时间是 1960 年 5 月 25 日 4 时 20 分。

中国人第一个完成了人类历史上从难度更大的北路、攀上世界最高峰的创举，而这一创举实现得如此突然，在经历了几度出生入死之后，就这样默默地、悄无声息地降临了。此后，南坡北坡均引来了许多勇敢的后来者。有的成为站在顶峰的幸运儿，有的则被雪崩、高原病所征服，永远地留在了征服第三极的道路上……

如此一来，茫茫地球上的最南极、最北极，还有最高极，这三个极限地区都留下了人类探索的足迹，虽说付出了许多沉重的代价，但一代代探险者和科学家不屈不挠的精神斗志，为寻求和解开地球之谜、拓展人类生存空间建立了卓越功勋。然而，还有一个极点未曾真正涉足，那就是数千米乃至上万米以下的海底深处，即世界上的最深极——第四极！

缓缓转动硕大的地球仪，最先映入眼帘的是连绵成片、无际无涯的蔚蓝色，如同一张遮天蔽日的天鹅绒丝幕，包围着黄绿相间的五大洲陆地。这就是说，我们人类赖以生存的星球，绝大部分——用科学家的定义即整个地球表面 70% 多的面积是蓝色海洋。由此看来，地球似乎不应该名曰地球，而称之"水球"更为准确一些。

事实上，生命起源于海洋。大约在 38 亿年前，陆地还是一片洪荒之时，咆哮的海洋中就开始孕育最原始的生命细胞了。潮涨潮落，斗转星移。经历了若干亿万年风风雨雨，这些细胞逐渐演变成单细胞藻类。在光合作用下，产生了氧气和二氧化碳，为生命的进化准备了条件。水母、海绵、三叶虫、鹦鹉螺、蛤类、鱼类等陆续出现了。

月亮的吸引力作用，引起海洋潮汐现象。涨潮时，海水拍击海岸；退潮时，把大片浅滩暴露在阳光下。原先栖息在海洋中的某些生物，在海陆交界的潮间带经受了锻炼，加之臭氧层的形成，抵御了紫外线的伤害，它们小心而勇敢地登上了陆地，进而逐渐演变成爬行类、两栖类、鸟类，以及其他哺乳动物。物竞天择，弱肉强食，历经种种磨难，终于诞生了具有高度智慧的万物之灵长——人。

海洋，人类的摇篮和故乡。

全球海洋资源非常丰富，蕴藏着极大的潜力。海底有大量的金属结核矿，此外还有大量的磷矿、硫化矿和稀有金属砂矿床。海底石油天然气产量逐年上升，10年后开采量将达到世界的一半。海洋中的潮汐能、波浪能、海流能、热能、盐度能等都是清洁能源，储量巨大。海水中的大量化学元素，可提取的有82种，包括核燃料铀、核聚变物质、可燃冰。同时，海洋生物还可提供人类不可或缺的丰富蛋白质。

毋庸置疑，海洋养育了人类，人类离不开海洋。随着陆地资源的日益减少，以及科学技术的迅猛发展，人们将目光投向了人迹罕至的远海和深海。难怪一些具有先见之明的战略家早就明确指出：新世纪是海洋的世纪，谁拥有了海洋，谁就拥有了世界。谁拥有了探求深海的能力，谁就占据了先机……

古往今来，五大洲各种肤色的人向往海洋、憧憬海洋，创造了多少神奇而美丽的神话传说啊！从华夏大地的哪吒闹海、龙宫探宝，到古希腊的海神波塞冬、丹麦童话《海的女儿》，以及近代科幻小说《海底两万里》和电视连续剧《大西洋底来的人》。无不绘声绘色地展现了一个充满了无穷奥秘的未知世界，将人类对于深邃海底的兴趣和探求欲发挥得淋漓尽致。

地球仪还在缓缓旋转着——

蓦然，定格在北纬11°20′、东经142°11.5′的坐标点。这里是亚洲大陆和大洋洲澳大利亚之间，北起硫黄列岛，西南至雅浦岛、菲律宾东北、马里亚纳群岛附近，一片浩瀚无际、波澜起伏的西太平洋——马里亚纳海沟所在的海域。

这一天是公元 2012 年 6 月 24 日清晨，没有晴朗的海天、没有壮观的日出。大海如同一个情绪善变的孩子，时而风雨交加，时而电闪雷鸣。一艘标记着"向阳红 09"号的中国科学考察船迎风破浪驶来，到达目的地后，现场总指挥一声令下，如定海神针般地停在了预定海域，她那宽阔而坚实的甲板上，高高矗立着一台类似龙门吊的设备，伸出两只长长的手臂，怀抱着红白相间的小鲸鱼一样的机器。机身上漆着一面鲜艳的五星红旗和两个醒目的蓝色大字"蛟龙"！

对了！这就是举国关注、世界瞩目的中国载人潜水器"蛟龙"号，正在进行深潜 7000 米的海试。自从 2009 年开始的 1000 米、2010 年的 3000 米、2011 年的 5000 米深潜海试一步步成功之后，我国自主研发、集成创新的 7000 米载人潜水器工程项目，迎来了冲击设计极限的海底试验。为了卓有成效、万无一失，国家海洋局、科技部等部门选择了地球海洋最深点：著名的马里亚纳海沟。它全长 2550 千米，呈弧形，平均宽 70 千米，大部分水深在 8000 米以上，最深处位于斐查兹海渊，达 11034 米。

这条海沟已形成了 6000 万年，是太平洋西部洋底一系列海沟的一部分，也是世界上最深的海沟。如果把地球第三极珠穆朗玛峰填到里边，还不能完全填满。征服这条海沟，下潜至 7000 米，将标志着我国具备了载人到达全球 99% 以上海洋深处进行作业的能力，标志着"蛟龙"载人潜水器集成技术的成熟，也标志着我国深海潜水器成为海洋科学考察的前沿与制高点之一。无疑，对于中国乃至世界的载人深潜工程和深海科学事业来说，7000 米是一道至关重要的门槛，也是一个攀登高峰的标杆。

半个多月前，随着试验母船"向阳红09"号的一声汽笛长鸣，"蛟龙"号海试团队在总指挥、临时党委书记率领下，于2012年6月3日由江阴苏南国际码头启航，穿过长江吴淞口，踌躇满志地奔赴西太平洋、奔向那片遥远而亲近的海域。

临行时，国家海洋局局长、副局长，科技部副部长专程从北京赶来授旗、送行。启航仪式上，年富力强的总指挥和沉稳持重的临时党委书记，在代表全体参试队员表达了敢打必胜的决心后，又风趣而庄重地说："我们二刘，一定带领全队团结拼搏，交上一份一流的海试成绩单！"

"好！"生在福建海滨、爱海懂海的国家海洋局局长朗声应道，"还要加上我这一刘，咱们三刘与大家一起，争创一流！"

哈！人们会心地笑了……

马里亚纳海沟，中国"蛟龙"来了！

凭着这种志向与精神，我们英雄的海试团队劈波斩浪，驶到了预定海域，按照计划开始了一次又一次的深潜试验。

2012年6月24日，星期天，是我国航天工程——神九飞船与天宫一号手控对接的日子。此前，国家海试领导小组批准"蛟龙"号同日冲击深潜7000米，争取创造上天入海的奇迹。

"太好了！这太有意义了！我们已经做好了充分准备，保证完成任务。"

尽管天一放亮，就遇到了风雨突袭，海况不佳，但经过周密严格的探测，天气条件会逐渐好转，且海面以下完全具备试验条件。海试指挥部下定决心：按时下潜！北京时间4时20分，海试团队举行了简短的出征仪式，三名试航员叶聪、刘开周、杨波身着蓝色的潜航工作服，与大家相互击掌，微笑着进入潜水器。

"现在我宣布，人员各就各位！"海试现场总指挥坚毅的声音，通过扬声器响彻全船，试验正式开始。潜水器移出、挂缆、起吊、入水……在海试团队轻车熟路的操作下，所有动作一气呵成。12分钟后，"蛟龙"号欣然投入大海的怀抱。

3个多小时的下潜，"向阳红09"试验母船上的现场指挥部紧张有序，监控屏幕上不断显示着各种数据，扬声器中不时响起"蛟龙"号潜航员和水面控制人员之间沉着冷静的通话声。

北京时间9时07分，话筒里传来了试航员、主驾驶叶聪的声音："这里是'蛟龙'，这里是'蛟龙'。我们已经坐底7020米！"指挥部里一阵沸腾。这是创造了中国载人深潜最新纪录，也是世界同类型载人潜水器的最大下潜深度。

而这时候，正在太空飞翔的神舟九号航天员景海鹏等三人，按计划操纵着飞船逐步接近"天宫一号"目标飞行器，实施手控交会对接。西太平洋7000米海底，叶聪代表此次下潜的潜航员，庄严地向神舟九号送上热烈而亲切的祝福："祝愿景海鹏、刘旺、刘洋三位航天员与天宫一号对接顺利！祝愿我国载人航天、载人深潜事业取得辉煌成就！"

由于技术上的原因，如今还未能实现海底与太空的直接通话，潜航员的祝福通过电波穿透深海，传到陆地基站，再由陆地转发到茫茫太空上的神九舱内。显然，航天员们听到并且受到了极大鼓舞。中午12时55分，他们成功驾驶神舟九号与天宫一号实现了刚性连接。至此，中国航天飞船与空间站首次手控交会对接试验圆满成功。

在向祖国报喜的同时，景海鹏代表神舟九号飞行乘组也向"蛟龙"号致辞："今天，在我们顺利完成手控交会对接任务的时候，喜闻'蛟龙'号创造了中国载人深潜新纪录，向叶聪、刘开周、杨波3位潜航员致以崇高的敬意，祝愿中国载人深潜事业取得新的更大成就！祝愿我们的祖国繁荣昌盛！"

好啊！"神舟"上天，"蛟龙"入海。海空连心，互致祝福。一天之内诞生两项奇迹，整个世界都在看着中国。是梦想、是宏图、是雄心壮志引领着中华民族永不停歇的探索步伐。身为中华儿女无不为这伟大的壮举感到骄傲和自豪！中国人民真正站起来了！

浩瀚的太空和深邃的海洋，是人类长久以来一直渴望探索的神秘境地。在东方的传说中，蛟龙入海兴风雨利万物的矫健身姿，曾经撼动着一代又一代中国人的心魄；而在古希腊神话里，太阳神阿波罗则驾着太阳车巡游九天，为人间送来了光明和温暖。是的，当人类的认识不再满足于自身生活时，梦想便开始了旅行。

科学家们预言：在 21 世纪，一个国家对航天能力和深海探测能力的依赖，可以与 20 世纪对电力和石油的依赖相比拟。"上天入海"，正在成为人类文明继续生存发展的一个重要条件。可以想见，鼓荡着梦想与智慧的双翼，正面临资源、粮食、环境、能源等问题困扰的人类，必将在"高天和深海"中开拓出新的无穷的生存空间……

我们感到自豪和欣慰的是，在探索未知世界的征程上，正稳步走来一支创造性的力量——浪漫而又富有激情的中华民族。两项世界纪录、两项高科技成果都值得大书特书。相比而言，"蛟龙"勇闯深海，在当下实用价值更高，甚至技术上的难点超过航天，更为难能可贵。

因为人类在迈向太空的征程上，可以眼观六路、耳听八方，而深达数千米的海底漆黑一团，且海水压力巨大。迄今为止，人们奔向太空、月球的成功概率较高，而探索深海的范例却屈指可数。就连科技大国美国、俄罗斯等也仅载三人深潜到 6500 米左右，唯有中国"蛟龙"号所潜最深处超过 7000 米，为实现宏伟而壮丽的"中国梦"迈出了坚实有力的一步。

早在 20 世纪的 1965 年 5 月，开国领袖毛泽东就曾在《水调歌头·重上井冈山》一词中，吟诵出这样的诗句："风雷动，旌旗奋，是人寰。三十八年过去，弹指一挥间。可上九天揽月，可下五洋捉鳖，谈笑凯歌还。世上无难事，只要肯登攀。"

激情洋溢、气壮山河。如今，在神州儿女众志成城的不懈努力下，这些预言都成为现实。怎能不让人感慨万千、心潮澎湃呢？

如此，中国人在征服了南极、北极和珠穆朗玛峰最高极之后，又成功地进入地球最深极。可喜可贺！然而你可知道，中国载人潜水器"蛟龙"号从 2002 年立项、起步，到 2012 年胜利完成下潜 7000 米深海目标，仅仅走过了 10 个春秋，远远少于外国长达几十年的历程。这不能不说是一个伟大的人间奇迹。

那么，奇迹究竟是怎样创造出来的呢？"蛟龙"探海、深海寻梦的背后有哪些鲜为人知的故事呢？2014 年 6 月，我有幸登上了"蛟龙"号的工作母船——"向阳红 09"船，前往太平洋实施科学考察，亲身体验和见证了进军地球第四极的中国海洋工作者的风采，并通过他们深入了解到中国载人潜水器研发与海试的非凡经历。

这是一次难忘的旅程……

（节选自长篇报告文学《第四极——中国"蛟龙"号挑战深海》，该作品荣获第七届鲁迅文学奖）

你好，中国"蛟龙"

浩瀚无际的西北太平洋某海域，海天相连、波涌浪飞，深蓝色的海水犹如成片成片的水晶蓝绸缎，在清晨的阳光里闪烁着明亮的光泽。这让人想起了舞台上表现海洋的舞蹈——演员们抖动着一条条蓝绸子模仿海水涌动，惟妙惟肖，十分逼真。

一艘通体洁白的科学考察船随洋流摇摆着，尽量保持着泰然自若的稳定，艉部甲板上高高的 A 型架奋力举起一条红白相间的鲸鱼似的潜水器，缓缓地移向海面。

在清爽的海风吹拂下，科考船上飘扬着两面红旗：一面印着五颗闪亮的金星，一面印着"蛟龙号试验性应用科考队"的字样。

是的，这正是我国深海"蛟龙"号搭乘工作母船"向阳红 09"船，执行 2014—2015 年试验性应用航次科考任务。在国家海洋局、中国作家协会等有关部门的大力支持下，我荣幸地亲临"蛟龙"探海现场，随船出海，亲身体验了"蛟龙"号的传奇经历。

"蛟龙"号，是我国自主研发制造的 7000 米级载人潜水器，历经 10 年一举成功，于 2012 年 6 月 24 日在马里亚纳海沟创造了载三人下潜 7000 米的世界纪录，使我国具备了在全球 99.8% 的海洋深处开展科学研究、资源勘探的能力。就在这一天，我国"神九"飞船也实现了与"天宫一号"空间站手控对接的壮举。中华儿女"上九天揽月，下五洋捉鳖"的梦想一齐变为现实！这不是巧合，而是勤劳、智慧、勇敢的中国人民，一步一个脚印，为宏伟而美丽的"中国梦"艰苦奋斗的必然。

　　出航前，我应邀出席在浙江岱山举办的全国海洋文学大赛颁奖典礼，遇到了中国散文学会副会长叶梅女士，她得知我即将随"蛟龙"号去探海，给予了深深的祝福，说："我给你总结了三个'难'字，就是难得、难熬、难忘。一是难得的机会。许多作家都想去，只有你是幸运的，一定要珍惜啊！二是难熬的过程。走向太平洋几十天，开始新鲜，慢慢会感到枯燥乏味，还可能会遇到台风大浪，你要坚持住。三是难忘的经历。等到战胜所有困难，安全回来后，这就是一段永生难忘的珍贵回忆。"

　　这话说得太好了！我铭记在心，并且怀揣着它跨洋渡海，探秘"蛟龙"。

一

　　经过两天一夜的航行，"蛟龙"号工作母船出黄海，进东海，由引水员引领着驶入了闽江入海口——福州马尾港。远远地，我们就看到即将停靠的东海救助局码头上悬挂着一条条大红横幅：热烈欢迎"蛟龙"号载人深潜器和"向阳红 09"船靠泊福州！福州人民预祝"蛟龙"号 2014 年试验性应用航次圆满成功！我的心头不由得涌来一阵暖流。

按照预先安排：7 月 2—3 日，我们将在福州举行"蛟龙"号公众开放日，而后奔向西北太平洋。这是由国家海洋局、福州市人民政府主办，国家深海基地管理中心、福州市马尾区人民政府承办的一项宣传"蛟龙"深潜事迹、提升全民海洋意识的公益活动。过去几年间，曾在山东青岛、福建厦门等沿海城市举办过，市民上船参观，听取有关介绍，反响极好，激发起人们探索深海奥秘的浓厚兴趣和强烈的民族自豪感。

福州马尾港，这可是一个具有深厚历史积淀的名字。我虽然是第一次来到这个地方，但早已从诸多史料、影视镜头中有所认知。它，既是中华铁甲造船业的发源地，也是近代新式海军的摇篮，建于 1866 年的福州船政学堂培养了一批批造船、航海和水师人才。

今天，"蛟龙"号在这里向公众开放，并举行 2014 年科学考察的起航仪式，具有重大而深远的现实意义！我决定趁轮船停靠马尾港的时机，前往当年的福州船政学堂旧址和中法马江之战旧战场参观、凭吊、缅怀。

这个展览馆分上下数层，有照片、实物、文字展板，还有雕塑、绘画，详尽介绍了马尾造船工业和培养科技军事人才的起源、发展。福州船政学堂是由时任闽浙总督的左宗棠奏请清廷创设，沈葆桢为首任船政大臣，不仅开了我国近代工业和海军建设的先河，也是新式教育和东西方交流的重要平台。一批影响中国近代史的人物从这里走出：严复、邓世昌、刘步蟾、詹天佑、萨镇冰……

我边走边看，时而在模糊发黄的照片前驻足，细观百年马尾之变迁；时而在教室雕塑前凝神，聆听穿透历史之回音。我发现这里有一段专讲马江海战（也称马尾之战、马尾海战）的史料。因这里是闽江下游，其中有一块形似奔马的礁石，亦称马江，而入江口这一段则称马尾。

1884 年 8 月，法国海军中将孤拔率领联合舰队，侵入我国马尾港，重炮偷袭清军舰船、船厂和岸炮阵地，爆发了中法马江海战。尽管我下层军士奋起还击，终因官府昏庸、装备低劣，导致舰毁人亡、损失惨重。

随后，我来到了当年中法激战的马江边上和罗星塔下。如今这里已经成为著名的公园景点，矗立数百年的古罗星塔高耸入云，一扇扇砖垒木雕的门窗犹如日夜不眠的眼睛，注视着世间的风云变幻。一棵棵绿荫蔽空的大榕树还是那么腰身挺拔，万千蓬乱的枝条仿佛长寿老人的胡须，记载着流逝的岁月传奇。绿荫里掩映着一块石制浮雕，数艘战舰正在对阵，上写：中法马江海战古战场示意图。旁边则是一组清军士兵对着江面操炮开火的花岗岩雕像。

我信步走到它们身边，轻轻地伸手抚摸，仿佛又回到了那个饱含国人血泪的年代：眼前硝烟弥漫，耳畔炮声隆隆，马江之上火光闪闪。距今为止，整整130年过去了，那个深深的伤疤依然醒目地刻在马尾港，刻在每个国人心上。

今天，我作为一名深海"蛟龙"号科考队的队员来到这里，抚今追昔，热血沸腾。虽说我已不再年轻，但我的心上没有皱纹，我愿同我们年轻的海洋儿女一齐努力，共圆那个酝酿多年的海洋强国梦。

第二天，福州"蛟龙"号公众开放日活动如期举行。一大早，东海救助局码头上呈现出一片节日气氛：扩音喇叭里播放着欢快的乐曲，武警战士们的威风锣鼓队擂得震天响。

戴着红领巾的小学生、列队整齐的机关干部、三五成群的市民代表……络绎不绝地赶来，分批依次登上"向阳红09"船，兴致勃勃地参观"蛟龙"号。大家前前后后看了一遍又一遍，感到十分满足和自豪！

我把目光转向不远处的福州船政学堂纪念馆，转向马江海战古战场，那些曾经满怀报国志的先驱们，那些长眠九泉恨未消的将士们，你们看到了吗？

二

劈波斩浪，"向阳红09"科考船战胜了台风"浣熊"的干扰，在西太平洋上全速前进，驶向预定海域。我们的"蛟龙"号一点儿也没闲着，利用晴好天气进行通电检查。

7月12日上午，我按照与副总指挥叶聪的约定，来到后甲板上，进舱参观体验。本来，准备下潜的"蛟龙"号不允许无关人员接触，但他十分理解随行作家和记者的心情，请示指挥部破例了一次。

潜航员傅文韬带领我和"向阳红09"船陈船长进舱。我们按照要求穿好工作服，戴上安全帽，一步步沿着扶梯登上了"蛟龙"号壮硕的身躯。它的圆形舱口开在顶部，竖着一架钢制小梯。傅文韬第一个先下，而后，我也按照他的做法：摘掉安全帽，脱掉工作鞋，随之下去。在舱内是只穿袜子或软底布鞋的。舱口直径五六十厘米，我并不是胖人，仍感觉舱口不大，就像钻进地道口一样，小心翼翼地慢慢下到"蛟龙"腹中。

随后，陈船长也沿梯下到舱内。里边有四五立方米空间，呈球形，没有固定座椅，只有3个海绵坐垫。傅文韬坐在中间主驾驶位置上，身前有几个操作手柄，下边有个放脚的空地，我和陈船长分别盘腿坐在两侧。抬眼看去，前后左右全是各种显示屏、仪表以及密密麻麻的按钮、线路等。前面有3个观察窗，中间的稍大，左右两边的较小，都是圆圆的，用厚厚的耐高压材料制成。

傅文韬是我国培养的第一代深海潜航员，伴随着"蛟龙"号一步步成长起来。他连续参加了4年海试，已经下潜过30多次，与叶聪、唐嘉陵等7人一起被中共中央、国务院授予"载人深潜英雄"称号。他耐心地给我们讲解潜器的构造、特点以及如何操作，特别指出我们的科学家和领导者是以人为本的，始终把潜航员的安全放在第一位，因为数千米深的海底神秘莫测、诸事难料。

"你看，这些都是生命支持系统和紧急脱险装置。一旦遇到麻烦，可以有几种办法迅速抛载上浮，如果身陷泥沙，还可发送一根带浮标的长缆，海面上的母船能够立即施救。因而我们的'蛟龙'号是很安全的！"傅文韬说。

常言道："第一个吃螃蟹的人是勇敢的人。"那第一批试验下潜深海的人更是勇士中的勇士。看到我兴致勃勃、跃跃欲试的样子，傅文韬主动提出跟我换个位置，让我"当"一回主驾驶。

哈，这可是意外之喜，如果真是在海底潜航，我可不敢接过主驾驶的操作把手。坐在中间，感觉大不一样，俨然是这条深海蛟龙的主人，我煞有介事地握着手柄，在傅文韬的指点下，下潜上浮，前进后退，当然只是做做样子。陈船长在一旁充当起摄影师，不停地为我们拍照留念。

"下潜时外面是什么样子呢？"

"'蛟龙'号每分钟下潜40米左右，从观察窗看出去，开始还能看清海水的蓝色，越来越深，到200米以下基本就是一片漆黑了，偶尔划过一些发光的海鱼、磷虾之类的生物。"

"舱内和舱外都不开灯吗？"

"不能开，因为有些海洋生物有趋光性，看到灯光可能冲过来。外国曾经发生过开灯下潜，竟遭到一个大家伙的冲撞，差点把观察窗撞破了。我们只有悬停或坐底后，才打开舱外灯工作。"小傅娓娓道来，在我们眼前展开了一道奇妙的海底风景线。

"前面有一个海星，我想采集它做样品，怎么办？"

"好，你可以用机械手抓住它，放到前面的采样篮里盖住。"傅文韬说着，手把手地教我使用机械手工作。这是他练就的一个绝活儿，两手交叉操作，因为机械手柄在左侧，而人的右手比较灵活，他就用左手稳定潜器并慢慢接近目标，右手则操纵机械手捕捉生物或矿物标本。

"在'蛟龙'号5000米级海试时，我就用这个方法采集到一个深海海参，足有40厘米长。在灯光下通体发蓝，几乎透明，漂亮极了！"

"是啊，那应该送到水族馆里养起来，让大家参观。"

"不可能了……"傅文韬摇摇头，"那是几千米深的海底生物，随着潜器的上浮，压力减小，就像我们人类不适应水下压力一样，它也受不了无水压的环境，体内器官会膨胀，到了海面已经死了。"

那太可惜了。我遗憾地叹息了一声，又问了另外一个问题："海底地形是怎样的？有山吗，有植物吗？"

"海底与陆地上差不多，有平原、沙漠，也有海山，平顶的、尖顶的，还有深不见底的裂沟。但是没有植物，生命体只是动物或者浮游生物。海山上下埋藏着丰富的锰结核、富钴结壳等矿产资源……"

哦，神秘的海底世界，还有多少未知需要人类去破解呀！我们的"蛟龙"号载人深海潜水器和英雄的潜航员，就是中华儿女打开这扇"龙宫"大门的钥匙。

不知不觉，我们竟在舱内度过了近一个小时。直到舱外的叶聪副总指挥催促，我们才恋恋不舍地爬出"蛟龙"号。阳光明媚，海天一色，出舱后我深深地吸了一口气，做了一个挥手致意的手势，请工作人员帮助拍了照。虽然没有真正下潜到深海，可我的感觉却如同刚刚从海底归来一样兴奋。

海洋，生命的摇篮，人类的故乡。你的儿女只有更深刻地了解、认识你，才能更好地开发利用、保护你，达到人与海的和谐共生。

三

这一时刻终于到来了——7月16日早晨7点钟,总指挥一声令下:"各就各位,准备下潜。"我连忙穿戴好工作服、安全帽,拿着相机来到后甲板上。各部门正在"蛟龙"号身旁忙碌着。首批下潜人员傅文韬、叶聪、何震笑着向大家挥挥手,依次走下小梯子,进入"蛟龙"号舱内。

水面支持人员按动控制器开关,"蛟龙"号从轨道车上缓缓向后移去,在高大门状的橘黄色A型架下停住,挂主吊缆,四个类似吸盘样的止荡器紧紧扣住。而后,一阵隆隆的机器轰鸣声响起,A型架向船舷外面摆去。现场有条不紊。

与此同时,左舷一侧的"蛙人"小分队整装待发。其实他们是帮助科考实验的水手,因需下水工作,俗称"蛙人"。沿着晃晃悠悠的软梯,4名"蛙人"下到小艇上,发动了机器,"轰"的一声,摩托艇箭一样驶离母船,绕了一个圈子,在离船舷数十米远处停下待命。今天海上浪高近2米,约是四级海况,属于"蛟龙"号布放下水的上限了。

随着A型架摆动到位,有45度角的样子,"蛟龙"号上的止荡器脱离,只留一根吊在腰部的主吊缆,绞车开动,慢慢地将其布放入海。这时,等候一旁的"蛙人"小艇立即靠了上去,一人操作机器稳住小艇,两人伸手抓住"蛟龙"号上方的把手,另一人巧妙地利用涌浪一跃,爬到"蛟龙"身上,敏捷地摘去主吊缆和前面两根拖曳缆,迅速回到艇上。

此时,只见一片碧蓝碧蓝的海面上,上红下白两色的"蛟龙"号在沉沉浮浮,风浪打来,溅起一团团白色的浪花,如同鲸鱼下水时不断喷出的水柱。它在水面上做最后的检查,建立水声通信。一切就绪后，"蛟龙"号2014—2015年航次的首次下潜开始了。

这个潜次从布放到回收共10个小时，指挥部里大屏幕随时监控着"蛟龙"号在水下的状态，包括下潜速度、深度、方位，以及母船围绕着"蛟龙"号行进的航迹、速度、航向等信息，清清楚楚，一目了然。这一切都来自后甲板上的工作室，里边安装着两台柜式计算机，担任着收集和发送信息的任务，大家习惯地称其为"炮楼"，我觉得十分形象，整个海试和科考不就是如同打仗一样嘛！这里就是前沿阵地，而指挥部会议室则是大本营司令部。

整整一天，我一会儿待在指挥部里观看，一会儿跑去"炮楼"里感受，就如同自己下到深海一样，祈祷着"蛟龙"号好好表现，可别出一丁点问题。总指挥看出我想了解又不愿打扰大家的心态，便主动邀我来到"蛟龙"号水面显控系统大屏幕前，指点着不断变化着的种种数据和图表，向我细致而全面地介绍"蛟龙"号下潜的情况。一切正常，"蛟龙"号按计划潜到了2500多米的海底坐底巡航，而后沿着"采薇"海山斜坡向上爬升。

下午五点半左右，在海底奋战一天的"蛟龙"号首潜成功，安全上浮了！如同早晨出征时的回放一样，海面上露出它那红色的头背部，早已等候的"蛙人"小艇驶过去，力压涌浪，依次挂上龙头缆、主吊缆，由A型架平安地回收到甲板上，安放上轨道车前移就位。工作人员立即上前，先用淡水冲洗一下潜器，再细心地帮助打开舱盖，放下小梯子。外边，等候欢迎的人们和随船记者摆开了"长枪短炮"般的照相机、摄像机，对准了凯旋的潜航员们。

尤为引人注目的是摆上了四大桶海水。按照国际深潜界的传统，第一次从海底回来的人要接受泼海水的迎接。此次的叶聪、傅文韬都是获得深潜英雄称号的老"深潜"了，也早就品尝过海水的滋味，大家唯一的目标就是初次下海的何震。

哈！或许是为了让他享受这样的待遇，他俩特意让何震第一个出舱。当他笑着挥手面向大家，兴奋地走下扶梯时，迎面而来的是一桶桶海水。刹那间，何震的全身就湿透了，只得不停地抹着满脸水珠儿，企图抽身而逃。年轻的同事们不依不饶地追着他浇，如同过了一个快乐的泼水节。

四

碧波起伏，浪花盛开，本航段"蛟龙"探海的第七次下潜正在顺利进行。在它的母船会议室里，我们身着统一的蓝色队服，胸前印着中国载人深潜标记，济济一堂，正在与共和国首都视频连线对话。

这是 7 月 25 日上午 11 时，北京时间上午 9 时。就在 3 天前，国家海洋局迎来了建局五十周年纪念日。

为了与远在太平洋的海洋科考工作者共庆五十华诞，国家海洋局领导决定举行与"蛟龙"号试验性应用科考队的视频连线对话会。

时间真是迅疾，似乎是眨眼间，我们已经离开祖国大陆一个多月了，每天航行在波涛汹涌的深海大洋上，没有电视新闻，没有通信信号，四周除了连天的水就是连海的云，难免要思念家乡和亲友了。这时能够与身在北京的人们视频见面、说话，真是有说不出的高兴。

会议正式开始了。国家海洋局副局长、大洋协会理事长主持，他先后介绍了出席会议的国家海洋局党组书记、局长等领导同志，而后点名现场总指挥汇报情况。

年富力强的总指挥挺直胸脯，声音洪亮地代表全体队员向各位领导表示了感谢，继而从四个方面汇报了出航以来的情况："我们牢记海洋局党组'保安全、出成果'的指示精神，战胜台风'浣熊'

带来的恶劣海况，10天内安全下潜科考7次，获取各种生物矿物样品77个……"

接着，老成持重的临时党委书记也简明扼要地汇报了思想政治工作。

局长听完之后，十分满意，又先后与部分科考队员对话、聊天。这时，信号与正在海底科考的"蛟龙"号接通了。"我是潜航员傅文韬，目前我们在水下2000米，祝贺海洋局建局五十周年，祝愿海洋事业兴旺发达！我们前面是一大片海绵，有一只竖着，像人竖大拇指一样，很漂亮，很好看！"

"好，看来海洋也祝贺我们了。傅文韬，你身体好吗？感觉怎样？跟你在一起的科学家是谁？""谢谢局长关心，我感觉很好。我旁边是生物学家王春生老师。""请他说几句话。""局长你好，我是王春生。这是我今年第三次下潜了，收获很大。我们正在采集海绵样品，有一只真像是竖着大拇指，很有意思。""好啊，这么好看，我都想下去了。祝你们一切顺利，等待凯旋！"

一片掌声过后，局长说："'蛟龙'号全体科考队员，你们辛苦了！刚才听了总指挥、党委书记和队员们的介绍，特别是与水下潜航员和科学家通话，感受到大家斗志昂扬、状态良好，我很高兴。这次'蛟龙'号深潜科考，正逢我们建局五十周年纪念日，很有意义……"

随着视频连线声音，我的思绪展开了翅膀……

浩瀚的太平洋一望无际，碧蓝的深海水日夜涌动，那里面埋藏着多少珍贵的财宝和神奇的传说啊！然而，作为东方大国——中国，数百年来，这茫茫的一片汪洋带来的是什么呢？"片板不许下海"的闭关锁国政策、洋人列强的坚船利炮掠夺，还有"华人劳工猪仔"买卖海外的血泊、泪水……

世代传承的黄土文明、耕读人家，为华夏大地披上春华秋实的盛装，却忽略了那并非遥远而是近在门前的蓝色世界——海洋！正如生活中的哲理一样：你轻视它必定要付出代价。从1840年的鸦片战争，到1894年的甲午风云，从德皇派兵强占胶州湾，到英法联军火烧圆明园，一部中国近代海洋史充满了屈辱和悲愤。

　　这一切，随着中国各族人民的伟大领袖毛泽东同志在天安门上的一声高呼烟消云散。我们从陆地上站起来了，屹立东方，可是海洋上呢？君不见一二岛链困住国人的步伐，南沙群岛遭受周边小国的窃掠。海洋权益、海洋经济，等等，与我们这样一个泱泱大国的地位极不相称。1964年7月22日，中共中央、国务院正式批复成立国家海洋局，从此我国有了专管海洋事务的机构，开始了对"蓝色梦想"的构建与追逐。

　　云涌云飞，潮起潮落，一晃半个世纪过去了。我们的海洋事业在一代代人的拼搏奉献下，从"查清中国海，进军三大洋，登上南极洲"做起，一路乘风破浪，走向深蓝，取得了长足的进步。如今，冰天雪地的南极、北极有我们的长城站、黄河站，太平洋、印度洋有我们的专属矿区，钓鱼岛有我们的海警船常态化巡航……当然还有我们的深海载人潜水器"蛟龙"号，创造了深潜7062米的世界纪录。

　　深海大洋，中国人来了！那种"有海无防""有海无利"的年代一去不复返了，那种充溢着华人血泪的海洋再也不复存在了！党的十八大吹响了"建设海洋强国"的号角，新一代海洋人生逢其时！快快行动起来，我们的兄弟姐妹，把海洋梦与中国梦紧密结合起来，去为中华民族伟大复兴而奋发努力吧！

　　北京视频连线还在进行，我的思路也与过去和未来连线了。从海洋局局长，到"蛟龙"号科考队每一名队员身上，我看到了未来的宏伟蓝图正在绘制、实施，并一步步变成现实。水下的"蛟龙"

号潜得越深，恰恰证明了我们的海洋事业攀登得越高。舱外的太平洋涌浪一波连着一波，那是神州海洋儿女的雄心壮志在鼓动、在向前、在拍打着世界民族之林的崛起之门……

2014年7—8月写于太平洋"蛟龙"号母船上，9—12月改毕于济南、青岛。

（原载2015年12月15日《中国文化报》，获得全国海洋文学大赛特等奖，后扩充写作为长篇报告文学《第四极——中国"蛟龙"号挑战深海》，荣获"中国梦"征文一等奖、第七届鲁迅文学奖）

一个男人的海洋

2016年10月26日，中央电视台新闻频道正常播出，突然屏幕下面飞出一条字幕：据新华社消息，正在单人驾驶帆船穿越太平洋的中国职业帆船选手郭川，在航行至夏威夷西约900公里海域时，于北京时间25日15时30分与岸上团队通话之后失去联系！亿万国人的心被揪紧了，立刻将目光聚焦到这则新闻——郭川为何失联？他现在在哪儿？他到底是怎样的一个人？

一、船长郭川

"大海啊，请你停一停波浪，祈祷我们的船长平安吧！"

"海风啊，请你静一静呼啸，祝福英雄的郭川回家吧！"

一个冷秋的夜晚，华灯初上，光影迷离，美丽的海滨城市青岛笼罩在安谧的夜幕之中。忙碌了一天的人们或乘车疾驶或步履匆匆，穿过整洁而宽阔的街道，奔向自己那个叫作"家"的温馨港湾。可在著名的青岛奥林匹克帆船中心，远离闹市区的情人坝（挡浪坝）灯塔下，却有一群群普通的市民离开家门，走向这里，自发地聚拢在一起。

秋夜的海边寒意袭人，可他们丝毫没有觉得，面容焦虑、神情严峻，拉起了一条条长长的横幅，点燃了一支支红红的蜡烛，面向浩瀚大海，仰望无垠星空。有的人双手合十，有的人喃喃自语："郭川船长啊，你在哪儿？你听到亲人的呼唤吗？家乡盼望你平安无事，祖国期待你凯旋……"

这是公元 2016 年 10 月 28 日，距离那个令人震惊的一刻仅仅过去了三天。那是怎样的一刻啊！10 月 26 日，中央电视台新闻频道正常播出，突然屏幕下面飞出一条字幕：据新华社消息，正在单人驾驶帆船穿越太平洋的中国职业帆船选手郭川，在航行至夏威夷西约 900 公里海域时，于北京时间 25 日 15 时 30 分与岸上团队通话之后失去联系！

一石激起千层浪。立时，亿万国人的心像被一只无形的手揪住似的。

失联！自从马航 370 客机"失联"之后，这个名词便几乎与"不幸"二字画上了等号。

多年来，郭川的名字在航海界、体育界，抑或是社会各界，不能说如雷贯耳，也早已是声名显赫了。他的不凡业绩通过广播电视、报纸杂志传遍了华夏大地乃至世界航海界。郭川是中国职业帆船航海第一人，获得过诸多"第一"：第一位参加克利伯环球帆船赛的中国人、第一位完成沃尔沃环球帆船赛的亚洲人、第一位单人帆船跨越英吉利海峡的中国人。

2012 年 11 月 18 日，郭川开启"单人不间断帆船环球航行"之旅，经历了海上近138天、超过21600海里的艰苦航行，于2013年4月5日驾驶"中国·青岛"号帆船荣归母港青岛，成为第一个单人不间断无补给环球航行的中国人，同时创造国际帆联认可的40英尺级帆船单人环球航行世界纪录。两年后，他又率领国际船队驾驶超级三体帆船，成功创造了北冰洋（东北航线）不间断航行的世界纪录……

进入2016年以来，郭川团队一直在国外训练、调整、准备，7月应国际奥委会主席巴赫之约，从法国拉特里尼泰出发，跨越大西洋到巴西里约热内卢，观礼2016年奥运会，而后起航穿越巴拿马运河北上太平洋，经过两段航程共43天的航行之后，于当地时间9月30日凌晨抵达美国旧金山。计划在10月中下旬，由郭川独自驾驶帆船横跨太平洋，目标地为中国上海。

这个航段是一次挑战之旅：2015年6月，意大利"玛莎拉蒂"号船队创造了从旧金山到上海、用时21天的帆船速度世界纪录。郭川决心单人单船沿此航线突破上述纪录，用16—20天到达上海市金山区。因"玛莎拉蒂"号船队有11名船员，所以郭川不管用多长时间完成航程，都将创造一项新的世界纪录——单人不间断跨越太平洋航行。人们称之为"金色太平洋挑战"活动。

2016年10月18日上午，旧金山湾区阳光明媚，郭川独自驾驶着"中国·青岛"号，离开停靠的里士满游艇码头，在人们的一片欢呼送行声中，踏上了直达中国上海的航程。当鲜红的三体船从旧金山地标建筑金门大桥下通过的瞬间，国际帆船联合会记时员沙马·科塔古特蒂按下计时器，显示当地时间14时23分11秒。这年，郭川已经51岁了，将在太平洋上独自航行7000多海里，一路上需闯过风暴、海浪、鲨鱼、孤独等难关。一般人连想都不敢想，可郭川毫不畏惧。

当然，他不是只知蛮干的傻大胆儿，而是建立在科学训练和多年实践的基础上。他此次驾驶的超级三体船约长 30 米、宽 16.5 米、桅杆 32 米，使用碳纤维材料制造，重量轻，性能好，为世界上仅有的同型五艘帆船之一，在上次的北冰洋航行中表现甚佳。为了准备这次挑战，郭川团队又对此船进行了部分设备的升级改造，驾船从法国一路走来，进行了大量模拟训练。

似乎万事俱备，只欠东风。帆船前进的动力就是风，一帆风顺，乘风破浪，祖先留下的诸多成语证明了这个道理。然而，这是一把双刃剑，无风难行船，风大浪必高。特别是一个人一只船，只靠风航行在茫茫大海上，如果遇上狂风暴雨、浪涛汹涌，那将是难以言表的灾难与不幸。虽说郭川船长已是久经沙场的战将，也不免谈此色变、百倍小心。临行前，他说了一段耐人寻味的话：

> 从某种意义上说，我是在不断挑战一个更高的层面。我希望把这件事做得精彩，给自己的帆船梦想增添新的高度。风是我的对手，也是我的伴侣。没有风，走不好；风很大，会带来很多压力。我要时刻小心谨慎，不要产生不好的结果……

难道是一语成谶？就在郭川驾船航行一周后的 10 月 25 日，"中国·青岛"号驶到距离夏威夷以西 900 多公里的海域，中午时分曾与岸上团队连线通话："怎么样，船长，没事吧？你那边有什么新消息？"

"啊，还行。"郭川答道，声音里透着疲惫，"没事就是最好的消息。昨天晚上有些不稳定的阵风，有两个乌云团突袭，然后阵风加大，船体感受到了突如其来的压力。好在都已经应对过去了。"

"那你一定要多加注意啊，风浪较小的时候，尽量休息一下，保持体力。如果再遇到突发之事，比如撞上鲨鱼什么的，没有体力是不行的。"

"对！其实远航撞到大鱼是常见的事情，这回我就撞到两次了，大概有一两米长，没有什么破坏力。当然，我不希望撞到鲸鱼，否则那就麻烦大了……"

"好的，不说了，保重！"

此次通话后，郭川一位同学又打通了电话，聊了一会儿，他就休息了。北京时间下午3点半左右，岸基保障团队GPS定位图屏上，突然显示帆船航速明显慢了下来，从二三十节突然降到了六七节，大家赶紧联络郭川，不料却一点回音也没有了！

"青岛号，青岛号，你在哪里？听到请回答！听到请回答！"

"郭川船长、郭川船长，在何方位？发生了什么事情？请回答、请回答……"

岸上保障团队负责人刘总，以及她的团队伙伴们，一遍又一遍地用海事卫星电话、用超强信号的手机呼唤着。一个小时过去了，两个小时过去了，郭川就像人间蒸发了一般，无声无息。失联！这两个幽灵一样的大字，像两记大锤重重地砸在人们心上。他们马上向中国驻美国外交使团报告，并联系美国海事部门请求援助。

中国驻洛杉矶总领事馆对此高度重视，立即启动了应急机制，敦促美方采取一切必要措施全力展开搜救。这是人道主义救援，国际上照例是一路绿灯。美国海岸警卫队夏威夷海事救援中心、美国海军在附近游弋的舰只，法国航海帆船运动基地有经验的水手，纷纷在第一时间，前往事发海域。很快，搜救飞机在海面上发现了三体帆船，其大三角帆倾斜落水，甲板上空无一人，无线电对讲机多次呼叫没有应答。消息传来，人们心情十分沉重，这说明郭川落水了……

熟悉帆船运动的人都知道：单人单船的航程中，最怕的是人船分离，一旦由于狂风大浪，抑或是大鱼撞击，失足坠入海中，根本赶不上一直前行的帆船，前后左右无人施救，就会遭遇灭顶之灾。如此看来，郭川船长境况不妙。唯一期盼的是，他在海面上漂浮或游到某个荒岛上，利用野外生存知识坚持，伺机被前往搜救的飞机舰船找到，并且安全地带回来。

祖国时时刻刻牵挂着她的儿女！

自从"青岛"号失联的消息公布之后，举国上下就被"郭川"这个名字牢牢吸引住了。每天每夜，人们密切注视着中央电视台的"新闻直播间""二十四小时""新闻联播"等栏目，忧心如焚地等待着来自太平洋的信息。在10月27日的中国外交部例行记者会上，发言人陆慷表示："中国航海家郭川不幸落水失联，外交部和中国驻洛杉矶总领馆，正密切关注有关事态，继续协调相关搜救工作。如果有进一步的消息，我们会及时向大家提供。"

郭川的家乡——山东省青岛市，更是在第一时间启动应急机制。市委、市政府召开专题调度会，全力做好各项搜救工作。市体育局、市帆船运动协会等单位，及时联系郭川的保障团队，了解最新信息，慰问郭川的妻子肖莉和亲属。最令人感动的是那些普普通通的青岛市民。他们视郭川为自己的城市英雄、家乡的优秀儿女，震撼担忧之余，各个微信群朋友圈里振臂一呼，决定于10月28日晚上来到奥帆中心，为郭川船长祈福！

于是，这就发生了本文开头的一幕。

以往总是荡漾着欣喜的青岛奥帆基地出现了从未有过的沉重。

北京航空航天大学青岛校友会、青岛帆船之友会、青岛一中校友会等群友们，还有许多自发赶来的市民、游客和外宾，都一脸凝重、虔诚地伫立在海边。人们都在期待船长归来。

二、"疯子"郭川

郭川是一个什么样的人？

他又是怎样成为一名职业帆船赛手的？

这还要从国际帆船运动项目说起。

帆船，顾名思义是利用风力前进的船。国际帆船赛事总体上分为两种。一种是运动员驾驶帆船在规定的场地内、按级别比赛速度，比如奥运会帆船项目。一种是离岸远航横跨大洋，抑或是环球航行，具有探险和科考性质。相比而言，后一种更加考验船员的意志品质和驾船技术。

郭川，就属于后一种更具挑战性的帆船航海家。然而，他并不像欧美国家的运动员那样，大都是从小就在海水里扑腾、迎着浪喝着风长大，而是半路出家，一步步从业余爱好，走上职业航海生涯的。算起来，他真正从事这项运动时，早已过了而立，接近不惑之年了……

是的，36岁之前的郭川，与当下的大部分人一样，上学、读书、工作。只不过从小特殊的家庭经历，养成了他"敏于行而讷于言"、思想独立爱冒险的性格。郭川原籍青岛，生于1965年，是独子，上有姐姐下有妹妹。爸爸妈妈早年在西南地质勘探队工作，条件艰苦，只好长年把几个孩子放在老人身边。

小小年纪，远离父母之爱，或许是一个人童年的不幸，但从另一个角度上看，缺少管束的日子，加之隔辈老人的疼爱，也会给男孩子的天性发展以更大的空间。小郭川从记事起就爱满世界跑，爬树、上房、掏鸟蛋，下海、玩水、摸蛤蜊。快上小学了，父母把他接到了身边读书。地质勘探队不是固定在一个地方，哪里有矿苗就到哪里去，家属孩子跟着，几乎成了以大篷车为家的"吉卜赛人"。

或许从那时候起，郭川幼小的心灵里就有了"流动"的意识。

小学五年级的时候，电影放映队到各个乡镇去放露天电影。当时有一部片子叫《海霞》，讲述了南海女民兵守海岛的故事。可能是从电影里看到了久别的大海，又是当时少有的彩色影片，郭川看了还想看。有一天放学后，听说几十里外的村子要放映，他便带着戴健、唐矿田几个小伙伴连家也没回，背着书包徒步追着看去了。

到了吃晚饭的时辰，还没见他们的踪影，家长找到学校才发现早已放学，问谁都不知道上哪儿去了，便满世界地寻找：健子、小健，回家吃饭了……

天完全黑了下来，仍然毫无消息，几位孩子父母只得报告了勘探队领导。

队长一声令下，兵分几路，派出了汽车到周边乡镇去找孩子。一直忙活到半夜，终于在一条村路上找到了。几个小学生累得满头大汗，还没走到放电影的村庄呢！不用说，领头的小郭川屁股上挨了爸爸几巴掌。瞧，小小年纪就埋下了"好奇""探险"的种子。

两年后，郭川被送回家乡，进入了青岛第一中学学习。也许是接受了小学的教训，他变得腼腆起来，加之个子不高身子骨也不壮，说话文文静静，跟个女孩似的，在班上很不起眼。唯独天资聪颖，他的学习成绩很好，稳定在班级里的前三名。家乡面临黄海，蓝色的波涛一望无际，少年郭川常常站在大海边，久久地凝望，飞舞的海鸥、漂荡的帆船、苍翠的小岛，令他心醉神迷。几十年后，郭川曾经老实地讲："那时并没有将来航海的想法，也不知道世界上还有帆船比赛，只是出于好奇、看不透，越看不透就越想看……"

这样的中学生，典型的求知欲旺盛的"理工男"，高考一定不在话下。果然，郭川一路考到了北京航空航天大学，又在那里读了硕士。不过在同学们眼里，他从来不是那种光知道埋头"死读书"的学生，而是一个兴趣广泛、天性好动的人。

顺利拿到了北航飞行器控制专业硕士学位，郭川又考取了北京大学光华管理学院，攻读工商管理硕士，毕业后被航天部某公司引进，一帆风顺，几年便做到了副司级的部门经理。如果沿着这条现成的大路走下去，他的人生履历便会如期写上"某某公司总经理、首席执行官"之类的头衔。可是，他那不安分的细胞一直在活跃着。正如后来他自述道："突然有一天，这种单调的生活让我厌倦，我开始拼命拓展生命的外延，因此我去学开滑翔机、学习潜水、学习滑雪……用一切可能的方式挑战自我的极限，用常人难以想象的意志力和与年龄不符的热情，疯狂填充自己生命中的空白。"

他骨子里有一个自由的灵魂，甚至用诗一样的语言，形容那种离开固有的束缚和羁绊，奔向自己喜爱的广阔天地的心情："从空中飞下来，沐浴着夕阳温暖的光线，像自由的鸟儿一样，在秋天金黄的树梢之上飞来飞去，你想想那有多美！我被这种纯粹自然的美所吸引，常常在空中流连忘返……"

从此郭川的人生之旅拐了一个弯。2001年，他不顾器重他、关心他的领导们的一再挽留，不顾父母亲朋、好友同事不理解的诧异目光，放弃了一套单位即将分配到手的住房，毅然决然办理了辞职手续，开始奔向了广阔的梦想天地。

对于这个举动，有不少人是不理解、不赞同的："郭川，你疯了吗？公职、房子都不要了，去玩什么户外探险？简直不可思议！"

郭川一笑置之。他记起了美国电影《燃情岁月》中的开场白："有些人能清楚地听见自己心灵的声音，并按这个声音去生活。这样的人，不是疯子，就是成了传奇。"

他这个惊世骇俗、反向思维的行动，就是在义无反顾地遵从自己心灵的呼唤。并且他还想告诉大家，只要有梦想，只要想改变，什么时候都不算晚！

诚然，他不是一时的心血来潮，而是经过了慎重的思考甚至是痛苦的煎熬。

郭川摆脱了日常繁杂的事务，沿着自己热爱的轨道"撒欢儿"了。

他没有像其他人一样，辞了职或到国外留学，或去下海经商，而是痛痛快快地去追逐早年的梦想。郭川有计划地去练习滑雪、驾滑翔伞、下潜海底等，从事各种各样的户外运动、极限挑战。这些既磨炼了身体意志，又掌握了面对艰苦环境的知识技能。当然如同宿命一样，少年时的海边眺望有了答案，最终他迷上了帆船航海。

那是在2001年，郭川有了解航海的兴趣，得知在国家体委任中国帆船帆板领队的领导，是青岛老乡也是行家，便去向他请教。领队比他大两岁，从小爱好水上运动，一直沿着市队省队专业队员的道路走上来，20世纪90年代调到北京工作。领队看到这位老乡十分真诚，便详尽为郭川介绍了有关知识，最后说："烟台要举办一次全国帆板锦标赛，你想去看看吗？"

"想，当然想去了。"郭川兴致勃勃。

在领队的介绍下，郭川来到距家乡青岛不远的烟台，观看全国帆板赛事及同时进行的帆船表演。利用比赛间隙，郭川上船体验了一把，这是他第一次摸到帆船，第一次站上去有了在海面飘飞的感觉，迎风踏浪，驰骋海天，一下子便着魔似的爱上了它。

事后，郭川感慨地对朋友说："我玩了很多体育项目，都觉得不太过瘾。这次到了帆船上，我突然发现航海就是我的梦想，就是我这辈子的生命，以前玩的那些东西，跟航海比起来都无足轻重了！"

说这话时，他的两眼炯炯发光。

郭川最初几年的航海之路，还只是在海湾里或近海边打转转，属于帆船运动的"发烧友"水平。事实上，这项欧美十分兴盛的运动，在中国仍然属于稀罕事，数遍全国也没有几个有影响的职业帆船手。直到有一天，郭川遇到了一个在他走向大洋中至关重要的人，才逐渐有了改变。这个人名叫朱悦涛，时任青岛奥运会帆船比赛组委会综合部部长。

2016年初冬的一天，我在青岛市旅游局见到了任副局长的朱悦涛。他已过了知天命之年，可身材保持得不错，看得出来爱好运动。他曾经有着十几年的军旅生涯，20世纪90年代转业到青岛工作。得知我正在寻访探究郭川的航海人生，他先是盯着我看了一会儿，而后为我倒了一杯热茶，陷入了深沉而永恒的记忆之中……

本来，他与郭川的生活道路是两条平行线，没有机会交集，可当年那场轰动中外的北京奥运会，共同的追求将他们联结到一起，相识相知，成为终生的朋友。

进入新世纪以来，中国人最自豪的事情之一就是赢得了2008年夏季奥运会举办权。北京，古老而年轻的北京第一次成为奥运城市，而风景秀丽、有着帆船运动基础的青岛，则幸运地成为北京的伙伴城市，获得其中帆船比赛的承办权。于是，一个响亮的口号迅速响彻青岛、山东乃至全国："相约奥运，扬帆青岛。"

为了实现这个宏伟目标，青岛选调了一批年富力强的干部，组成了第29届奥林匹克运动会组织委员会帆船委员会（青岛），简称"奥帆委"。2003年7月，刚过不惑之年的朱悦涛出任奥帆委综合部副主任。说实话，开始他与大多数局外人一样，并不真正了解帆船比赛，但多年军旅生涯养成的基本素质使他干一行爱一行，以高度的热情投入进去。

青岛，曾经为国家培养了一大批优秀教练员和运动员。第29届奥帆赛的落户，使大家看到了帆船运动对城市品牌所蕴藏着的巨大推动力。市委、市政府适时提出打造"帆船之都"构想，希望通过举办奥运会帆船比赛，叫响一个新的城市名片。

郭川，就在这个时候这个地方登场了，一点也不闪亮，而是悄悄地走来，默默地出现……

时任青岛市体育总会主席，是一位精明强干的女将，生在青岛长在海边，对这座城市充满了感情。她思维敏捷勇于创新，积极与奥帆委合作，培养大众对帆船运动的热情。这时，她被郭川的执着和真诚所打动，一直全力以赴给予支持，与他和他的家人结下了深厚的情谊。

而前面提到的领队，两年前也调回青岛了，在隶属国家体育总局的青岛航海运动学校任副校长，是国际帆联认可的专家，也投身到奥帆委工作中，全力推广与组织帆船比赛。回到家乡的副校长热情很高，对积极参与的老朋友郭川，更是毫无二话地伸出友谊之手。

最先使得郭川与青岛奥帆委结缘的，还是那位有着军人作风的综合部朱悦涛主任。他想：利用帆船扩大青岛国际影响，仅靠奥运会还不行，因为奥帆比赛是在港湾赛场里进行。如果能像欧美帆船手那样，驾船出海，宣传效果会更好。这就需要找合适的船与合适的人！

说话间来到了 2004 年 4 月，上海举行帆船展销，朱悦涛前去参观并借机寻船。会上，与一位船东相识。他代理世界上著名的美国"亨特"牌游艇帆船，希望找个海港基地扩大销路。两人一拍即合。朱悦涛代表奥帆委提供停放基地，船东同意出借一条帆船，船名可以叫作"青岛"号。为此，他们策划了一系列活动，简而言之就是"航海三步走战略"：一是走出国门，宣传奥运、宣传青岛。二是中国沿海行，驾船沿海岸线前进，一路走一路报道。三是环球航海行，进一步扩大青岛奥帆赛的影响力。那时这些方面还是空白，他们也不懂其中的奥秘和风险，无知者无畏，敢想敢干。

船有了，战略目标有了，谁来驾船去实现呢？船东说香港、厦门有这样的人才。朱悦涛摇摇头，提出了选人的三个条件：第一，这个水手必须是青岛人，才能代表青岛城市形象；第二，他要胆大心细懂帆船；第三，他要有钱、有闲、有热情。按此标准满世界找，一时难以如愿。虽然青岛有全国第一所航海运动学校，但上到教练员，下到运动员，驾的都是运动帆船，这和远洋帆船是两个概念。

后来，还是做帆船生意的船东熟悉这个"圈子"，推荐道："有一个叫郭川的，是你们青岛籍的，原先玩过滑雪、滑翔，现在喜欢上帆船了，行吗？"

"那好，让他来谈谈看。"

在青岛奥帆委办公室里，朱悦涛与郭川见了面，寒暄几句，便试探性地问："你玩过大帆船吗？"

郭川说："玩过，我在香港和奥克兰学过一点，但水平不高。"

这不同于有些人满嘴打包票的做派——郭川老实直白的回答，让朱悦涛顿生好感。很快，两人就利用帆船宣传城市的话题达成了一致。别看郭川身材不高不壮，也不善言辞，但从那略显红黑色的瘦削的面孔上、明亮坚毅的目光中，可以看出他长期从事野外运动，历经锤炼，以及他的朴实、真诚与执着。

最重要的一点是，他们的价值观完全相同，一切以事业为重。此前，朱悦涛曾与另一人洽谈此事，那人一张口就是："我来办这件事，给多少钱？"

郭川，根本没提钱的事儿，满脑子想着如何尽快出海成行。这让朱悦涛认定他是个能干大事的人！

三、信使郭川

走出国门的机会来了！

2004 年 4 月，恰逢纪念中国青岛与日本下关结成友好城市 25

周年，奥帆委策划了"奥运友好使者行"活动——郭川作为船长信使，驾驶着借用来的那艘帆船，代表 700 万青岛市民前往下关送一封市长亲笔信，借机宣传北京奥运会青岛赛区。

由于船商提供的船属于近海游艇性质，要想出国远航还需要改装添加设备。经过汇报争取，市政府大力支持拨了 100 万元，注册了当时全国第一条无动力远洋帆船，命名"青岛"号。朱悦涛等人又四处联络游说，几乎跑断了腿、磨破了嘴，终于拉到了 30 万元的赞助，可以成行了。

这是大姑娘上轿——头一回的新生事物，注册时，帆船航行到底是归体育总局管，还是归交通运输部管，费了一番口舌。去日本大使馆办签证时，还遇到了一个令人忍俊不禁的小插曲：日本签证官问什么时候出发？郭川回答 9 月 12 日启程，计划 20 日前到达。

人家一听不对劲："这中间隔了 7 天时间，你们在哪儿？"

郭川坦然道："在路上。"

"什么路需要 7 天？"签证官警惕地看着他，"下关离中国不远，即便坐游轮也要不了这么久，你们想干什么？"

"误会了……"

郭川赶紧解释是怎么回事。日本签证官一听竟然是驾驶无动力帆船的友好信使，惊奇而钦佩地立刻发了签证："你们是现代第一批驾帆船去日本的。祝一路平安！"

毕竟是首航驾驶帆船出国，这与在海湾里玩玩大不一样，大家心里没底儿。朱悦涛与郭川等人商量，再请几位有经验的航海人保驾。于是，他们找到了香港吴家兄弟、国家体育总局青岛航海运动学校的张军教练一同出航。吴家兄弟俩是玩船多年的"职业水鬼"，有经验有技术。

为了强化青岛元素，同时又要保证安全，朱悦涛特地叮嘱郭川："咱们毕竟欠缺远航经验，这回在岸上、在媒体前，你只是

‘形象船长’，一到了外海，吴家大哥就是真正的船长了，你要听他的。"

"明白！我也会借这个机会，好好向人家学习的。"

2004年9月12日下午，青岛尚未竣工的奥帆基地施工现场，第一次围绕着帆船热闹起来了。"奥运友好使者行"活动拉开了序幕，市政府和奥帆委的工作人员、国家体育总局青岛航海运动学校的学生、新闻单位的记者，以及喜欢帆船的市民们会聚一堂，欢送"青岛"号奔赴日本下关市。

这是郭川和"青岛"号的处女航。人们敲锣打鼓，摇着彩旗，挥着手臂，大声祝福："一路顺风！早日凯旋！""再见，再见，我们一定完成好任务！""青岛"号满载着青岛全市人民的友情，缓缓离开码头，顺风驶出了浮山湾。

在欢送的人群中，朱悦涛、国家体育总局青岛航海运动学校校长、副校长等既激动又不安，站在岸边久久地凝望着。谁知怕什么来什么，眼看着帆船刚刚驶出湾口，却突然打了个趔趄，停住不动了，船上的人影一片忙乱。朱悦涛心里大叫不好，赶紧躲到一边给郭川打手机，原来是船底好像撞到了什么东西，船员们正在查看。

出师不利！朱悦涛脑门上冒汗了，欢送仪式还没完，帆船就走不动了，这不等于演砸了吗？不行，首航不能不吉利，他对着电话嚷嚷："别停别停，你们赶紧走！记者们还在拍着呢！有什么事出去再说。"

"明白！"郭川是个明白人，放下电话便招呼吴家兄弟和张军教练，"走，走，先对付着开出去。"帆船又扬起风帆前进了，很快便消失在人们的视线外。

一场热闹的帆船"首航秀"仪式结束了，朱悦涛他们心里毫无轻松感，总觉得会有什么事似的。果然，当晚9点多，在夜幕的掩护下，"青岛"号又悄悄地回到了出发地——原来船舱出现不明原因的漏水，船员不敢再往前开了。

朱悦涛和校长听说了，心急火燎地赶到奥帆基地码头，希望及时排除故障，再抓紧航行。如果让媒体知道报道出去，那可就丢人了！到底是哪儿漏水呢？人们里里外外查了个遍。校长还特意找了几名潜水员下水察看，都没找出毛病来。

这时候，还是郭川脑子快。他突然蹲下来，捧起一把船舱的漏水舔了舔，惊喜道："啊，淡的，渗进来的不是海水。"

"对啊，这说明船底没漏！看看舱里边……"

众人立刻顺藤摸瓜，很快找到了出水点——原来是出发时的意外碰撞，导致船舱淡水箱漏水。他们赶快更换了水箱，清除了积水，帆船于凌晨时分再次出发了。

朱悦涛意识到这只是开始："就像唐僧西天取经似的，九九八十一难，后边不知还会遇到什么难关呢！"

不幸而言中，第二天就迎来了更大的考验——一场台风突然而至，大海如同发了疯的野马群，铺天盖地横冲直撞。朱悦涛整个心胸也在波翻浪涌。行前，他们给郭川配了卫星电话。这天从早上到晚上，怎么也打不通电话，一次又一次地拨号振铃，耳机里传来的全是无人接听的"嘟——嘟——"

失联了！这个名词虽然还没有像如今这样震撼，但对于当事人来说却是如雷轰顶。朱悦涛茶饭不思，只是不停地拨打着电话，脑海里幻化着可能出现的种种场面：是船翻了？还是设备被风浪打坏了？时令已是秋季，可他待在办公室里坐立不安、汗如雨下……

一夜无眠，等到早晨7点多钟，朱悦涛几乎绝望地连续拨打着电话，突然通了！"郭川、郭川！"朱悦涛一下子从椅子上跳起来，"快说，你小子怎么回事？咋一直不接电话呢！人员怎么样？"

伴随着哗哗的海浪，响起郭川沙哑的声音："咳，别提了。我们跟风浪干了一夜，船身东倒西歪，电话早不知甩到哪儿去了，这才找着。不过人都没事！"

听到这里，硬汉子朱悦涛再也控制不住自己，眼泪"哗"一下就出来了，带着哭腔喊道："好好，人没事就好！郭川，好兄弟，你们一定要保证安全，晚几天到没关系！"

"谢谢朱主任！现在风小了，我们调整一下，继续航行。"

这是郭川第一次在大海上"失联"遇险，此后他的航海生涯还会不断上演类似戏码。而朱悦涛渐渐熟悉并且相信郭川的能力越来越强，没有了那样的担心和难过。只是到了12年之后的2016年10月，郭川船长在"金色太平洋挑战"中的数天"失联"，朱悦涛再次泪流满面……

经过六天六夜的航程，"青岛"号终于驶进了日本下关港。朱悦涛和校长等人跟随青岛市友好代表团，乘飞机赶到下关迎接他们。帆船使者来送信了，当地市政府也感到新鲜且十分重视。在跨海大桥上组织了军乐队欢迎，手捧鲜花的学生高呼口号。郭川、张军还有吴家兄弟驾着帆船缓缓驶进下关港，大帆上的"青岛"两个字分外醒目。

依照约定，在大海上航行听吴家大哥的，而上了岸，郭川就是当然的船长了！他在人们簇拥下来到市政厅，向下关市长递交了青岛市长的信。下关市长发表了热情洋溢的欢迎辞。接下来，应该是郭川船长致答辞了。外交无小事，朱悦涛担心不善言谈的郭川说错话，为他起草好了致辞稿。可这天，当在现场看到走上话筒前的郭川两手空空，朱悦涛心想坏了，这小子肯定把讲稿丢了，暗暗为他捏了一把汗！

事实却让人大开眼界，尽管到了台上郭川有点紧张，肩膀不自觉地往上耸，手也不知道往哪儿放，两个大拇指硬邦邦地插在裤兜里，可一开口讲话，却顺畅而得体。郭川说："六年前我来过日本，当时坐飞机也就是两个小时的事儿。六年后，在现代交通如此发达的当下，我却以一种最原始的方式，冒着很大的风险，在海上航行了7天，战胜了台风大浪的考验，才又一次踏上日本的土地。作为一名信使，通过这种最传统的方式，来表达青岛市民对下关人民的真诚情谊……"

朴实的话语，真挚的情感，令在场的日本市长、议员感动得频频点头。朱悦涛不禁对其刮目相看，感觉比自己起草的那些礼节性"正确的废话"强多了。在场的记者们纷纷拍照摄像，"青岛"号及其使者的新闻铺满了第二天的报纸电视。

尽管好事多磨，风不平浪不静，但毕竟成功了！"奥运友好使者行"一炮打响，青岛、奥帆赛的名气响出了国门。今天回看那次航海微不足道，反映了当时中国的帆船水平，可意义不小！更重要的是，郭川得到了磨砺，为今后的航海生涯奠定了坚实的基础。

一鼓作气，青岛奥帆委、体育总会等部门决定实施宣传青岛、宣传奥运的第二步战略——中国沿海行。还是与船东合作，还是这条帆船"青岛"号，还是这个船长——青岛人郭川……

对于上一次航海暴露出的问题，一一解决，力求打一仗进一步。特别是定位、通信等手段，必须加强，因而需要增添雷达、对讲机等设施，预算方案50万元。通过成功的处女航，现在拉赞助比较容易了，著名的家电大王青岛海尔集团成为奥帆赛赞助商。

而这时的郭川也成了名副其实的船长，可以驾船掌舵，不用香港水手保驾护航了。2005年8月中旬，郭川和几名同伴再次从青岛奥帆基地起航，沿着烟台—大连—上海—广州—香港等海滨城市航行，青岛奥运会伙伴城市、帆船之都的名片响彻云霄。

特别是在上海，由于黄浦江航道十分繁忙，是不允许小帆船进入的，只能停留在吴淞口码头上。可这一次，上海市政府特别批准："'青岛'号可以沿着黄浦江一直航行。"哈！那一天，郭川他们驾着"青岛"号，缓缓进入黄浦江，一直行进到外滩、行进到东方明珠电视塔下，两岸万众瞩目……

这样，"航海三步走战略"走完了第二步，面对第三步——环球航行时，朱悦涛等人心里却打起了退堂鼓：通过前两次远航，越发感到远海航行不是简单的事，而我们缺乏的东西太多了，出于技术和安全的考虑，还是暂时放一放吧。

是谁说过"机会给予有准备的头脑"？千真万确。

2005年下半年的一天，克利伯环球帆船赛的英国代理商慕名而来，找到青岛奥帆委，推广这个项目。克利伯赛事是"世界上规模最大的业余环球航海赛"。爱好者自费报名并接受赛前培训，在职业船长的带领下，从英国出发，途经世界主要港口城市，影响力很大。

朱悦涛看着前来洽谈的代理商，第一个反应是，机会来了，完全可以借船出海，通过这项赛事，实现"青岛"号走向世界的第三步设想。谁知，谈到这个问题时，商业代理痛快地答道："可以啊，我们允许使用当地城市名称，但需要100万美元的冠名费。"

"啊？"这让一向精打细算的朱悦涛傻了眼。政府没这笔经费，企业难以赞助，你让他去哪儿找这些钱啊？

朱悦涛不死心，直接给克利伯英国总部去信联系，劝说对方派员前来沟通，并最终说服了他们——将这项赛事中国站定在青岛，无偿提供参赛帆船、冠名为"青岛"号。接下来，又回到了选人的老问题——当克利伯帆船在青岛靠岸时，一定要有一个青岛籍的英雄般的人物参加了环球航行，从船上昂然走下来。不用说，朱悦涛第一个就想到了郭川。

不巧的是，郭川当时已经订好了飞往新西兰的机票，为媒体拍摄滑翔翼的照片。顺便说一句，这些年的探险运动，也使他练就了超一流的摄影技术，是《国家地理》杂志的签约摄影师。他是个办事严谨可靠的人，不想临时爽约，一时陷入了两难境地。

这天晚上，朱悦涛将郭川约到一个通宵营业的咖啡馆，一边喝着醒神的咖啡，一边彻夜长谈："郭川，你一定要继续走下去。这可是国际性的帆船赛啊，今后你要还想航海，就不能错过这个机会。"

"是啊，我知道，可是……"郭川挠挠头，心里还纠结着，"我早答应人家了，食言不好吧？"

"想想吧，哪头轻哪头重。咱们计划的航海前两步都办成了，但那只是自己玩儿，克利伯赛事具有世界影响力，如果你再次成功，就是中国的航海英雄，不仅对宣传青岛有好处，还能促进全国帆船运动的发展！"

晓之以理，动之以情，有着深厚家乡情结和责任感的郭川，被深深打动了。他不再犹豫，端起面前的咖啡杯，就像啤酒一样，一饮而尽，说："我干！摄影的事，我再想办法处理好。"

2006年1月，郭川作为首位征战克利伯环球帆船赛的中国人，登上了"青岛"号，参加预定国家沿海城市的一站站比赛。在船上，他的身份是水手，但他却觉得自己更像一个"插班生"，周围都是素不相识的外国人，讲的是英语，聊的是帆船，一切需要从头学起。

虽说曾经有过两次出海航行经历，但这却是郭川第一次面对真正的远海大洋，使他得到了进一步的磨炼。多年后，郭川曾充满感情地回忆道："参加克利伯，是我完成单人不间断环球航海，必须经历的第一步。"

当年4月，当郭川随船抵达青岛时，整个城市都为之轰动了，因为还没有一个中国人参加克利伯环球赛。如果说前两步奥帆航海行，人们的注意力还在"青岛"号上的话，那么这一次，舆论的焦点都落在了郭川身上。确如朱悦涛所预料，当他从船上走下来时，就完成了从"形象船长"向"城市英雄"的转变。敬佩的目光、赞许的掌声，毫无保留地送给了这位青岛汉子。当年，郭川被评为"感动青岛"十大人物之一。

可以说，此前的郭川还是一位航海的业余爱好者，只不过比对其他极限运动兴趣大热情高罢了。通过参加克利伯环球航海赛，真正触动了他心底敏感的神经——帆船航海或许应该是自己的唯一！

两年后的沃尔沃环球帆船赛，成为郭川真正走向职业航海家的平台。不过，对于郭川的航海人生来说，那是一段惊心动魄、不堪回首却又值得回首的航程……

四、患"抑郁症"的郭川

沃尔沃环球帆船赛，是世界上历时最长的职业体育赛事，也是全球顶尖的离岸帆船赛事，以其航行时间长、条件艰苦而著称。比赛历时 10 个月，航程近 39000 海里，穿越全球最变幻莫测的海洋，停靠 11 个国家港口。这个项目，不仅是一项挑战人类体能极限的比赛，更是一次对参赛队员毅力和信心的严峻考验。

可是，直到 20 世纪前 10 年，沃尔沃赛事还没有在亚洲的城市停留过，也从没有出现一位黄皮肤、黑眼睛的面孔……

东方巨龙的崛起，使古老而傲慢的欧罗巴人另眼相看。从2008—2009 赛季开始，沃尔沃环球帆船赛决定采用全新航线，首次征战从未涉及的新领域——亚洲的中国、印度和新加坡。这既是开辟亚洲市场的挑战与机遇，也为沿海的人们提供了更多观赏比赛的机会。

尤其是中国，成功地举办了 2008 年北京夏季奥运会，青岛作为帆船项目赛区，无论从比赛场地、奥运村等硬件建设，还是赛事组织、志愿服务等软件建设都十分圆满，名声在外。然而，如何经营好"后奥运帆船运动"，也摆在了青岛有关人士面前。

前面介绍到的青岛市体育总会主席，巾帼不让须眉，义不容辞地挑起了此副重担。早在奥帆赛前，她就积极策划组织了"帆船进校园""千帆竞发2008"等活动。如今，她又在谋划新的篇章。在市领导支持下，成立了青岛市帆船帆板运动协会，她任常务副会长，主持工作。沃尔沃环球帆船赛的到来，使她和许多志同道合的朋友们眼睛为之一亮。

好啊！青岛将在奥运辉煌后，为国人和世界再次呈现一场精彩的帆船盛会。而更让人振奋的消息接踵而至：沃尔沃组委会确定青岛为本届中国唯一经停港后，再增加中国元素，由爱尔兰和中国联合组队，正式命名为"绿蛟龙"号。一是带有爱尔兰国旗的绿色；二是龙为东方中华民族的图腾，代表了朝气蓬勃的中国精神。"绿蛟龙"号，大气磅礴且寓意深长。船队由11名队员组成，10人为爱尔兰人，船长是著名的奥帆赛奖牌获得者伊恩，再选拔一名中国船员参加。而此时的郭川呢，在完成克利伯赛事之后，专门到航海强国——法国去学习航海技术，进行迷你级帆船的训练，希望完成跨大西洋的航行，向职业帆船手的目标迈进。

得知沃尔沃来到中国了，郭川积极请战。他说："就帆船而言，这是让我在专业上再上一个台阶的机会；就荣誉而言，这是代表国家的事。所以我必须登上那条70英尺的船。如果只选一个中国人参加沃尔沃比赛，我认为非我莫属，因为我有远航的理想，并且具有一定经验和能力。"

这话说得掷地有声，从中可以看到郭川那颗航海报国的赤子之心。但，能不能成为一条"绿蛟龙"，还需要完成从爱尔兰到冰岛的航行测试。这一段航程近2000海里，风大浪高，我们的郭川咬紧牙关，闯了过来。船长伊恩决定吸收郭川，可不是当水手，而是一名负责摄像拍照的媒体船员。

只要能上船，就是沃尔沃。没有哪个水手能拒绝沃尔沃的诱惑，就像没有水手能躲过女妖塞壬的歌声一样。他的好友、东南卫视记者黄剑也加入了"绿蛟龙"号的岸队，跟随着船队跑遍沿线。

西班牙时间2008年10月11日下午2点，8艘70英尺级帆船一字排开在阿利坎特市的港口外，随着对讲机中裁判长倒计时的声音："10、9、8……1，出发！"响起一声长长的尖锐的汽笛声，8艘赛船争相冲过起点，2008—2009沃尔沃环球帆船赛正式拉开序幕。

第一赛段是从西班牙的阿利坎特到达南非的开普敦，横跨欧洲到非洲的大西洋，航行距离漫长，气候、洋流状况复杂，对于首次参赛的郭川来说，是一场严峻的考验。从狭窄险恶的直布罗陀海峡出来后，在开阔的大西洋上西行不久，船队就面对赤道无风带的考验，对这一段水域风向的判断及驾驭能力，决定了整个赛段的成绩。

伊恩船长经验丰富，率领"绿蛟龙"号船队劈波斩浪，勇往直前。而郭川则履行着媒体船员的职责，拍录下整个船队的事迹，及时传送到赛事组委会。毕竟是初涉顶级大赛，又遇到水平如此高的船员，好比是"一个小学生面对着十个教授"，无论是驾驶技术、身体素质，还是对航海精神的理解，郭川与他们都隔着巨大的鸿沟……

他本来是个完美主义者，做事认真、较劲，一旦定下方向就不达目的不罢休。比如一些人跑帆船，是以玩为主，在一个朋友圈里说起来有个谈资。但他玩帆船，期盼能玩出点名堂来，当初滑雪、滑水、滑翔也是这样，总想玩得高级一点儿、专业一点儿。现在却处处"不懂"、时时"碰壁"，一下子倍感压力，甚至压得他透不过气来。

也正是在这个赛段里，高速航行的"绿蛟龙"号意外撞上一条鲸鱼，20节的速度瞬间停滞。缺乏经验的郭川一时控制不住，直接摔进前舱，痛得他"哎哟！哎哟！"直叫。

这对于那些从小就在海浪里泡大的欧洲同伴来说，根本不当回事，还打趣地说："郭，摸摸鼻梁骨，是不是快断了。没事儿，不摔上几回成不了好水手。"

这个时候，郭川开始出现焦虑感，继而感觉孤独。他在船上做的是一项独立工作，与其他人没关系。他承受着来自多方面的压力。有对自己的责任，他需要证明自己，赢得所有人的认同；有对船队的责任，他需要把这么多风云人物的故事讲出去；有对赞助商的责任，他需要同时满足沃尔沃组委会，以及沃尔沃中国的媒介诉求；有对国家的责任，因为有了中国在世界上的地位，才会有他这样一个叫郭川的人登上这条船。

他就是凭着这种责任感咬牙坚持着，紧绷着每一根神经，直到快要绷断了。船队完成第三赛段到达新加坡时，组委会总评媒体船员，一位负责人对郭川说："郭，我给你提一点建议，摄像时，你要把那个摄像机端平一点儿！"

"啊，你说什么？我没有端平吗？"这句话让郭川受到很大震动。人家说得很委婉，反映的问题却很严重。一个媒体船员连摄像机都不能端平，且自己还没有察觉，说明身体和心理已到了一种极限。他觉得干不下去了……

新加坡之后的第四赛段，就是中国青岛了。中间正巧赶上圣诞节，船队休息的时间比较长，郭川利用这几天抓紧飞回北京休整。体育总局主管大帆船项目的刘卫东前来接他，并陪同他这个远洋归来的单身汉过节。

当晚，刘卫东请郭川好好吃了一顿，又去洗浴中心泡了个热水澡。这是几个月以来，郭川第一次有种享受生活的感觉。刘卫东显得轻松而高兴，因为接下来赛段距离不长难度也不大。两人裹着浴巾躺在小床上，刘卫东欣慰地说："你小子干得不错，下一步沃尔沃平安到了青岛，对于中国航海运动来说，就是里程碑式的一站。"

他觉得大功即将告成，甚至在想象着"绿蛟龙"号抵达青岛的时候，将会是怎样热烈的场景啊！可此时的郭川却正经历着煎熬，几个月来如同坐"水牢"的感觉使他心有余悸。他在想之后怎么办。从青岛到巴西赛段，长达 12300 海里！自己的状态如此萎靡，能不能坚持下来呢？

"卫东，我……感到太不适应，有点受不了……"郭川试探着表达想退出比赛或者换个别人顶上去的想法。

刘卫东起初并没在意，说着说着，明白了他的想法，便有点着急了，噌地坐起来："怎么回事？你不想干了？你有点出息没有啊！这事关系到中国人的脸面。郭川，我的哥哥，能坚持还是要坚持啊！"

一番"臭骂"加上劝解，使郭川不好再说什么，可问题并没有解决。他回到北京的宿舍，虽然洗得干干净净，但整夜失眠了。并且从第二天开始，天天处在昏昏沉沉却无法入睡的状态中。

几天后，郭川下决心去了安定医院，挂了一个专家号。医生一看，说："你这是典型的幽闭恐惧症，不管你做什么事情，有意义也好，没意义也好，现在必须休息！"郭川说没有办法休息，也没办法解释清楚，只是拿了点药回去了。

幽闭恐惧症，是对封闭空间的一种焦虑症、抑郁症。例如，处于电梯、车厢或机舱内，可能发生莫名的恐慌症状，以至于心慌心跳、呼吸急促，甚至昏厥。但一离开恐惧环境，便可恢复正常。出现此病的原因很多，比如说成长经历、性格因素、心理压力等——郭川心想自己如果"抑郁"了，显然是在沃尔沃赛程一待几个月的结果。

郭川平生第一次吃了抗抑郁药，症状并没有明显改善，每天还是只能睡两个小时。2009 年 1 月 12 日，他又回到新加坡赛场。此时，岸队中的黄剑也赶了过来陪同。由于长时间睡不着觉，郭川十分痛苦，心情倍加沮丧。

那天，郭川与黄剑站在酒店 26 层的阳台上观景，突然指着下边的街道问："我要是现在跳下去，会怎样？"

"哥们儿，你可别开这种玩笑啊！"黄剑惊讶地睁大眼睛。

第四赛段出发前，郭川不得不向伊恩船长说了实情。这位阅历丰富的老船长拍拍他的肩膀安慰说："别担心，很多人有过这种情况，适应适应就好了。"同时也作了两手准备，安排黄剑去作救生培训，万一郭川真的不行的话顶上去。想想要回家乡青岛了，郭川不愿让人看作半途而废的"逃兵"，咬着牙又上了"绿蛟龙"号。

毕竟是在病态的情况下，整天无精打采，昏昏沉沉，郭川只是被动地履行媒体船员的职责。他不知道那几天是怎么过来的。航行上也屡遭磨难，天气海况特别差。除夕前一天，大约 10 级左右的狂风突然袭来，船的横隔板撕裂了，不修好是不能继续航行的。

沃尔沃比赛的规则，允许就地维修，可是一时找不到材料，船员们发现郭川的媒体工作台不错，决定把它拆下来当横隔板！看见弟兄们手忙脚乱地拆自己用了几个月的工作台，郭川的心情反而变好了——船如此千疮百孔，估计可能会中途退赛。这样一想，他忽然有种如释重负的感觉，马上躺下来睡了一觉。

谁知等他醒来，发生了令人啼笑皆非的一幕——伊恩船长做出决策：绝不放弃，一定要修好船完成整个比赛！郭川听后心里一沉，病情复发，又进入了浑浑噩噩、昏昏沉沉的状态……

在大家的鼓励下，郭川咬着牙坚持着，心里默默计算着到青岛的时间：3 天、2 天、24 小时、18 小时……在这种离家越来越近的心理暗示下，他觉得自己马上就要逃离这个空间了，情绪竟慢慢地稳定下来。

此时，伊恩船长和沃尔沃组委会密切沟通着：希望在"绿蛟龙"号进入青岛的时候，让郭川掌舵——按照规则，媒体船员是没有掌舵资格的，但伊恩船长很理解这条船对于中国、对于郭川的意义。

当然，组委会和船上的其他船员也理解。当伊恩船长征询大家意见的时候，他们还幽默地回答船长："没问题，你让他开200海里才好呢。"这意思其实是在说："反正我们由于修船很难取得好成绩了，不是正式船员的郭川开得越多，等于就有了一只'替罪羊'。"

2009年1月31日晚上8点左右，郭川欣喜而兴奋地掌着舵，操控着"绿蛟龙"号缓缓驶进青岛奥帆码头。早已等候在岸边迎接的人群欢呼起来，主持人手持话筒高喊道："'绿蛟龙'号，欢迎你回家！""郭川，好样的！"防波大堤上烟花齐放，在夜空中尽情绽放着青岛人的热情与期盼。

这项在欧美、在世界上盛行数十年的沃尔沃环球帆船赛运动，首次由中国人操作驶进了中国的港湾。为了迎接沃尔沃的勇士们，赛事青岛站组委会特意搭建了一个气势壮观的长城景观，两侧挂满了象征吉祥喜庆的红灯笼，将整个奥帆中心点缀得分外迷人。全体船员下船沿着红地毯登上"长城"，体味了中国"不到长城非好汉"的豪情壮志。

一个抑郁症患者强忍着痛苦，给所有人带来了创造历史的快乐……

从北京赶来的刘卫东，是少数几个了解郭川状况的人。刘卫东本希望他参加到底，完成这项首次有中国人参加的国际赛事。可如果病情严重，也不能强人所难啊！

事实上，船到港后，熟悉郭川的人已发现异样了。他面目僵硬、双眼无神，甚至不会笑了，大家心里都为他捏着一把汗。回到父母家里，姐姐一见他面就哭了："怎么成了这个样子，你这是吃了多少苦啊！这个英雄咱不当了……"

究竟还参加不参加下一个赛段，直到全程结束呢？

在当时的情况下，所有相关的人都面临着两难选择：谁都不能说"郭川你要咬牙坚持"，因为这样不人道，等于是把一个抑郁症患者再关进牢笼。但同时，谁也不能说"郭川你放弃吧"，因为他这次参赛具有一种特殊的意义。假如说那时候就有"中国梦"这个提法的话，郭川的这次航行，其实就是"中国梦"的一个缩影、一个代表、一个标志、一个象征。

曾经的奥帆委副主任朱悦涛，早已与郭川成为无话不谈的老朋友了，知道他压力巨大，状态不好，便想尽办法让他放松。找人给他按摩身体、陪同他打网球散心，甚至考虑他还是单身，张罗着介绍女朋友，希望他能够坚持到底："你小子，可不能前功尽弃啊！"

不过，也有十分清楚其中危险性的，特别是那位在新加坡见识过郭川郁郁寡欢的黄剑。他悄悄地说："老郭，你不能再走了，否则很可能是死路一条。"

第三天，伊恩船长找到郭川严肃地问："是否还要继续航行？你自己必须作决定了。"郭川想了想答道："请给我24小时考虑一下。""好，明天这个时候，我等你准确答复。"

何去何从？所有人都看着郭川！他在作着激烈的思想斗争：就此罢手？抓紧治病，身体会慢慢恢复起来，可半途而废人家老外会怎么看？继续参加，一天到晚睡不着觉怎么行呢，真可能像黄剑说的，再走就是条不归路了！

傍晚，郭川一个人来到奥帆基地灯塔前，遥望着无际的大海和满天的星斗，陷入了沉思……终于，他昂起头颅，大步向伊恩船长的住处走去。

伊恩惊讶地看着他说："这才过了几个小时，就想好了？告诉我你的决定是什么？""两个字：继续！"郭川掷地有声。

此时此刻，郭川心里想的是，就是死也要死在船上，不能让外国人说中国人不行！现在他看待沃尔沃，已不是一场体育赛事了，而是一次西天取经般的磨难、一场苦行僧式的修行。

郭川这次走得很悲壮，大有"风萧萧兮易水寒，壮士一去兮不复还"的气概。

当然，他没像荆轲那样带什么地图匕首，而是带了一大堆药丸子：六味地黄丸、清心养肝丸、安神丸，还有治疗抑郁症的药物。毕竟下一赛段从中国青岛到巴西里约热内卢特别漫长，帆船在海上要走40多天，横跨整个太平洋……

我们常说："沧海横流方显英雄本色。"其实，英雄并非都有惊天动地的豪言和力挽狂澜的行动。普通人也可以成为英雄，关键就看你在某些时候的一个选择！

令人称奇而欣慰的是，当"绿蛟龙"号越过赤道，行至南半球时，郭川的状态竟然变得越来越好，那困扰他数月之久的失眠、抑郁等病症大大缓解了。他熬过了那道坎儿，就像跑马拉松似的，运动员有一个疲乏的极限点，感觉呼吸不畅再也无法跑下去，一旦咬紧牙关挺过来就好了。

他终于可以与那些爱尔兰队友一样，享受帆船航海的乐趣了。这里，我们找到了郭川写于船上的日记，真实而宝贵，摘录一二，读者可以身临其境地体味当时的情景——

2009年3月1日　国际日期变更线

"绿蛟龙"沿着"国际日期变更线"一路向南航行。得分点在南纬36度左右、新西兰的奥克兰附近，大约离我们600多海里路程，按目前的速度2—3天可以到达。

天气非常好，阳光明媚，风力合适。这样舒适的天气让大家有一个休整的机会，船上弥漫着愉快的气氛。沃布雷克给自己洗了个澡——新的领航员和伊恩·摩尔一样，也是一个酷爱清洁的人，利用这段空隙时间，他把胡子刮了，整洁干净的他和一群胡子拉碴的水手站在一起，很醒目……

2009年3月28日　冲过12300海里赛段

早8点多钟前方隐隐约约出现了一个轮廓，是陆地！不多时远处起伏的山峦更加清晰，引来一片欢呼声。这是我们40多天来在合恩角遇到陆地以来的第二次。随着时间一分一秒地过去，远处这沁人心脾的景象在视线中不断地放大，再放大——里约，我们来了！

出发的时候，对漫长的未来是如何的未卜，那目的地遥远得似乎只能在梦中到达，而现在，她就在眼前，真真切切！闭上眼睛，任由海风拂面而过，真心感受这漫长的最后一刻。下午两点，随着一声汽笛声响，"绿蛟龙"号冲过了沃尔沃赛事最长的12300海里赛段……

此后，又接连经历了几个赛段艰苦卓绝的航行，"绿蛟龙"号乘风破浪，与其他8条大帆船一起，于2009年6月27日傍晚，驶到了本赛季的终点站——俄罗斯圣彼得堡，获得了第5名的成绩。郭川，也成为历史上第一个全程完成沃尔沃环球帆船赛事的中国人！

6月29日，沃尔沃环球帆船赛组委会在圣彼得堡海军俱乐部大厅，举行了盛大的庆祝仪式和颁奖晚会。帆船运动在欧洲十分盛行，人们对历经艰辛成功抵岸的航海英雄充满了敬佩之心。所有来宾都盛装出席，男士西装革履，打着庄重的领结；女士则是一身长裙曳地的晚礼服。色彩缤纷的舞台上方，竖立着5块硕大的电子屏幕，不断地播放着海上风光，以及沃尔沃赛事片段。

突然，大屏幕上出现了一面鲜艳的五星红旗，一个穿着印有

"中国青岛"T恤的汉子站在帆船上，昂首挺胸，搏风击浪。主持人提高声音宣布："中国选手郭川将沃尔沃帆船赛带到了亚洲，获得了更多亚洲人的关注。组委会决定授予他'特殊推广贡献奖'！"

一时间，鼓乐大作，掌声如潮。郭川蓦然听到自己的名字，一脸茫然地愣在那里，直到船长伊恩推了推他："快去，是你的奖，快上台！"他才清醒过来，忙不迭地跑上台与主持人握手、领奖。

霎时，参加典礼的1000多名不同国家、不同肤色的嘉宾全部起立，给这位中国人送上了充满敬意的掌声。

主持人继续宣读颁奖词："从35年前赛事创建以来，沃尔沃帆船赛首次开辟了亚洲航线，在印度科钦、新加坡和中国青岛分设了三站，并获得了巨大的成功。作为赛事首次设立的媒体船员，中国人郭川是8艘参赛船上唯一的一名亚洲人，对于赛事在青岛和新加坡两站的推广功不可没。"

喜讯传到国内，国家体育总局、中国帆船运动协会和青岛市有关部门更是欢欣鼓舞。青岛市体育总会主席、市帆船帆板运动协会常务副会长立即行动起来，专门赶到国家体育总局水上运动管理中心，找到该中心主任要求授予郭川"环球航海第一人"的称号，并邀请他参加青岛市表彰大会。

中心主任是一位学者型的领导，既为郭川取得的成就十分高兴，又感到有些为难，因为刚刚表彰了一位环球航海人——翟墨。这同样是一位值得敬佩的航海家，来自山东日照，他驾船随走随停，历时两年半完成了环球行。韦主任说："他也是你们山东的，已经被授予'国内环海第一人'了，你看……"

"那不一样。"青岛市体育总会主席、市帆船帆板运动协会常务副会长据理力争，"翟墨不简单，值得我们尊敬。可他不是正式比赛，郭川参加了沃尔沃，那是国际帆协承认并授奖的亚洲第一人，咱们应该表彰啊！"

这话打动了中心主任！他成为青岛市体育总会主席、市帆船帆板运动协会常务副会长的支持者……

2009 年 8 月 7 日上午，青岛电视台 800 平方米演播大厅里张灯结彩、乐曲飞扬，一个名为"挑战人生极限成就蓝色梦想"的颁奖典礼正在举行。这是由中国帆船协会和青岛市政府联合主办的，隆重表彰给青岛带来感动、为祖国赢得荣誉的中国第一位沃尔沃环球帆船赛参与者——郭川！

硕大的背景屏幕上播放着"绿蛟龙"号搏击风浪、郭川身披五星红旗屹立船头的镜头。全场不断爆发出一阵阵热烈的掌声。

专程从北京赶来的韦迪主任，向郭川颁发了"沃尔沃环球帆船赛中国第一人"荣誉证书。青岛市委市政府有关领导分别向郭川颁发了"青岛市打造帆船之都特殊贡献奖""青岛市劳动模范"证书、奖章和 10 万元的现金奖励。一日之间获得三项荣誉，这是国家和人民的认可啊！见过大风大浪的郭川，此时连连挥手鞠躬致意！

面对着主持人的话筒，不善言辞的他激动地说："我万分感谢中国帆协，市委、市政府和家乡父老对我的支持和理解。如果没有这种信念，我能不能坚持到底还很难说。说真的，在赛程中最艰难的一段，也就是从新加坡到青岛的那段，我真有些支持不住了。但当我到了青岛，看到在寒风中等待着我的父老乡亲，我一下子就有了力量！"

我们的主人公郭川，眼眶中蓦然涌上来一层热辣辣的泪花……

五、硬汉郭川

"参加完沃尔沃比赛，你已经达到了一个很高的高度，其间还患过幽闭恐惧症，是不是应该见好就收了？"

"不！我要把自己想做的事情继续做下去。"

当喝彩与掌声慢慢平息之后，郭川的心态也随之平和下来，开始规划下一步的航海人生。2010年3月，他继续来到法国训练，完成因为参加沃尔沃而中断的"迷你型"横跨大西洋比赛。然后，他便想做一个航海与中国关系更大的事情，让同行和各界看到：我不只是媒体船员，还是一个真正的帆船手、一个中国航海家！

那么，做一件什么样的事情，才能让国际航海界对中国高看一眼呢？才能让同胞们真正了解和重视呢？一个想法在郭川脑海里渐渐萌生——那就是无助力单人不间断环球航行。这是最有影响力的，也是最难的。

国际帆协对于这种航行有严格的规定："水手必须是独自一人驾驶纯靠自然力量驱动的帆船，航行期间不得靠岸、接受外界器材或生活用品补给等，航线起始点必须同为一处，不得通过人工运河等路径点，必须经过非洲好望角和南美洲合恩角等地，且至少跨过赤道一次并横穿过全部子午线，总长度不少于21600海里。"

世界上第一个完成不间断环球航行的，是1968年的英国人罗宾爵士。目前为止，世界上完成单人环球航行的有200人之多，其中"不间断航行"只有70多人。远比登上珠穆朗玛峰的人要少，可见其难度有多大了。

挑战单人不间断全球航行，郭川在技术方面是有信心的，但要克服许多新的困难、学会许多新的东西。这时候，他问法国国家队的教练、朋友阿兰："能不能找到相关的专家寻求帮助？"阿兰与优秀的航海气象导航专家、沃尔沃赛事的高级顾问克里斯蒂安相熟，约好见面详谈。

相互介绍之后，郭川开门见山："我想做一个不间断航行，请你帮助筹划一下，怎样才能做好呢？"

克里斯蒂安充分了解并信任郭川，思考了一下，给了他一个非常重要的建议："我觉得你可以做一个世界纪录，这个纪录现在还没有人完成。"

"哦，什么纪录？请你说明。"郭川眼睛亮了。

"单人不间断环球航行的世界纪录，是按船的长度分成三类：第一类不限级别；第二类是 60 英尺和 60 英尺以下；第三类是 40 英尺和 40 英尺以下的。当下前两项已经有人做过了，唯独 40 英尺的还是空白。"

"好啊！我就做这个 40 英尺的！"没想到，第一次见到克里斯蒂安，就得到如此明确而宝贵的提议，郭川兴奋异常。他感到梦想找到方向了，而且不仅是他个人的梦想，也将是中国人在海洋上迈出的重要一步。为此，他接着咨询两个问题："第一，我想从中国青岛出发和结束，这样对我的祖国有益，可以吗？第二，这是否就是一项国际认可的世界纪录？"

"这个好办，我帮你向世界帆船纪录委员会去确认一下。"

历史上的帆船环球纪录都是以欧美国家作起点和终点的，郭川希望将自己的祖国和家乡列入纪录排行榜，其意义深远而重大，可见他那份拳拳的中国心！

克里斯蒂安是一个办事认真且讲究效率的人，没过几天，他就给郭川带了好消息：国际帆联同意以中国城市做纪录航行，但线路要重新核定，一定要达到 21600 海里。如果不够，可以在中间设一个绕标点。

太好了！郭川下定决心，坚决完成这项计划。他那帮法国朋友纷纷鼓励，积极帮助。说一个中国人如果干成了，那就是谱写世界帆船史上的新篇章！

接下来就是选择合适的船。

这艘用来创造世界纪录的环球帆船，尺寸是 40 英尺，"裸价"加上电子设备等，四五十万欧元，对于已经从单位上辞职，依靠当特聘摄影师和比赛奖金生活的郭川来讲，显然是无力承担的。不过，国人中不乏慧眼识人、义薄云天之士。郭川在北航上学时有位校友，名叫施雷，毕业20多年，经营有方，已有一定经济实力。他也是个喜欢户外探险运动的人，性情豪爽，对郭川的事迹十分关注和敬佩，经常以此鼓励自己的孩子。

2010年5月，郭川从法国回到北京。施雷请他吃饭，中间聊起单人不间断环球航行的事儿，当郭川说到需要一条船做这事儿，正想法筹钱呢。谁知，此话刚一出口，施雷就豪迈地说："郭川，我来帮助你，支持你买船。我也没多少钱，就出个两百万吧！"

"那可太好了！"郭川连忙端起酒杯敬了他一杯，心里暖洋洋的。尽管这还不太够，但再筹集就好办了。从中可以看出大家对中国帆船事业的期望。

时间走进2011年，郭川在自己的两个追梦战场上双向推进着——

一是在法国参加M34级别的环法帆船赛，并且拿到了冠军；接着参加6.5米级别跨大西洋帆船赛，也是为来年单人环球航行作准备。二是漂泊多年的他、一直是"钻石王老五"的他，渴望有个家了……

"无情未必真豪杰，怜子如何不丈夫？"

这是鲁迅先生写下的诗句，说明英雄豪杰并非不食人间烟火，也有七情六欲。虽说郭川多年来一心痴迷探险运动，把自己的终身大事耽搁下来了，可他那副坚强的外表下，深藏着一颗柔软的心。只不过是天南海北，居无定所，使他不愿让人家姑娘跟着受苦罢了。

越是这样独行侠一样的硬汉子，越能得到有一双慧眼的佳人喜爱。早在20世纪90年代末，郭川在北京一个外语学习班上，结识了在这里学习的肖莉女士。那时，她刚从四川老家来到北京工作，从朋友处了解到郭川的一些情况，就以一种仰望敬佩的目光看着他。

并不高大也不帅气的郭川，不善言谈、不爱张扬的郭川，以其坚毅果敢的性格、真诚宽广的胸怀和做事认真靠谱的风格，深深赢得了这位女子的芳心。只是由于种种客观上的原因，她不能去主动表露心迹。而一心扑在自己事业上的郭川，更是没有心思捅开这层窗户纸。后来，竟断了联系。

有情人终会成眷属的。新世纪的某一年，两颗孤单而又相知的心再次相遇了，本来就没有熄灭的火花重又燃起，而且越烧越旺。聪慧能干的肖莉，已经办起了自己的公司，经营劳保用品。她依然仰望着大哥哥一样的郭川，绝对信任支持他做的事情，喜欢看着他吃饭、开车、摄影……

这几年，郭川不断在法国、英国和国内北京、青岛之间奔波，每次出发与归来，都是肖莉开车送行和迎接，几乎成为他的"专职司机"了。而似乎只有在这时，他们才能单独地不受任何打扰地倾心交谈。肖莉那辆白色奥迪车，就这样成了温馨的二人世界。

2010年暮春的一个夜晚，郭川按计划前往法国训练比赛，照例由肖莉驾车送他去机场。起飞时间是凌晨1点50分，两人提前驱车行驶在首都宽阔的公路上。夜已深了，人已静了，整座城市进入了甜美的梦乡。白色奥迪车内两颗相知相印的心在深情地碰撞着。

谈了过去，讲了未来，诉说了可能遇到的困难，描绘了航海事业的前景。突然，郭川闭上了嘴，肖莉也不说话了，只听到窗外的风声呼呼地掠过，汽车发动机隆隆地鸣响……

不知过了多长时间，郭川终于开口了："肖莉，我想有个家了，这些年，我奔波得太累了，我真的想有个家。你……"

"不用多说了，郭川，我、我愿意给你一个家！"

没有花前月下的缠绵，没有海誓山盟的浪漫，两个早已心心相印的情侣，在飞驰的轿车车厢里，在夜半的高速公路上，就这样订下了"白首之约"。这仿佛注定了他们总是聚少离多、天各一方。

长话短说。一年后，郭川忙里抽暇从法国飞回北京，筹办婚礼。两人把家安在了北京五环边一个小区里。2011 年 5 月 19 日，是中国古代旅行家徐霞客的生日，也是第一个"中国旅游日"，郭川和肖莉举办了婚礼。当然，朋友们都知道，他们选择这一天结婚，绝对不是为了徐霞客的缘故。

婚后十个月，郭川的儿子出生了。中年得子，他自然是十分高兴，把起名字当成神圣而庄严的大事。之前，肖莉管这个小儿子叫小弟，郭川也认可，但他心目中一直在为叫什么大名而思虑。

家人起了三个认为是很吉利的名字，可他一个也没看中。直到三个月后，郭川胸有成竹地宣布："有了，我们的小弟大名就叫郭伦布！"

"郭伦布？怎么有点外国味啊？"肖莉不解地问。

"对！世界上伟大的航海家叫哥伦布，他发现了新大陆。哥与郭，读音差不多嘛，用它命名我郭川的儿子，很有意义啊！"

"原来是这样啊！"肖莉恍然大悟，"看来你跟航海算是较上劲儿了！"

2012 年 11 月 18 日，一个风平浪静的日子。在顺利完成了 M34 级别的环法帆船赛、横跨大西洋比赛，熟悉新船，训练磨合，做好了充分准备之后，郭川驾驶"青岛"号，开始了单人无动力不间断环球航海之旅。

青岛市政府、市帆船帆板运动协会和各界人士、市民群众 1000 多人，在奥帆中心基地举行了盛大的出征仪式，为家乡的好汉郭川壮行。这天上午，秋高气爽，整个基地码头上披上了节日的盛装，彩旗飘舞、鲜花簇拥，一块硕大的蓝色背景板高高挺立，上面印着高扬着"青岛"二字的帆船图片，8 个大字醒目而庄严：环球英雄，中国传奇！

面对家乡父老的殷殷期望和高涨的热情，郭川这位铮铮铁汉激动不已，以至于在发表感言时，热泪盈眶，几度哽咽："今天我特别激动，应该激动，真的很激动。感谢大家、感谢青岛……一年前，哪怕是一个月前，我都不敢想象今天的到来。我想说的是，我行，我能，我一定能！请放心，明年春天，我们故乡见！"

10时42分，郭川接过写满青岛市青少年美好祝福的漂流瓶，抱着自己刚刚9个月大的小儿子郭伦布亲了又亲，而后交给妻子肖莉，在众多亲朋好友的簇拥下，在上千名青岛市民依依不舍的目光中，沿着象征大海的蓝地毯，与中国首位帆板世界冠军张小冬，一起登上了"青岛"号帆船。

欢送的人群中爆发出一阵阵热烈的掌声和欢呼声。其中有一位梳着短发、举止干练的中年女士，神情激动而欣慰，悄悄摘下近视眼镜，擦拭着无法遏止的泪珠。她就是青岛市体育总会主席、市帆船帆板运动协会常务副会长，为了郭川此次出航她付出了很多心血。

不过，最初听到郭川的单人环球航海计划时，她以为只是说说而已，并不太当真。因为这个项目太难太艰苦了，一般人根本不敢问津。可当看到郭川在一步步认真准备着、筹划着，特别是他要求把中国青岛作为出发与返航点——要知道，这是此项目设立以来第一次从东方城市启航，并且坚持将帆船命名为"青岛"号时，她感动不已，决心尽力支持他！

2016年12月的一天，我在青岛市奥帆基地媒体中心大厅里，采访了这位曾为打造"帆船之都"立下汗马功劳的林会长。谈到郭川，她充满感情地回忆道：

> 郭川，一个原来不怎么让人瞩目的男人，2010年底，他回来了，回到青岛，他告诉我，他正在法国做一个创纪录航海行动的准备工作，我一笑了之；2011年，他又回来

了，告诉我，他准备好了，要前行了，我又一笑了之；第三趟回来告诉我，主席，真的要航行了，我才真正认真地审视了一下眼前的这个执着的男人。他告诉我，他要冠"中国青岛"号。我太高兴了，想跳起来欢呼但又忍住了，我不能让他太觉着我那么想有人为青岛"帆船之都"冠名。

但是，他又一次回来了，他很沉默，在我一再追问下，他告诉我遇到困难了，他准备起航的大帆船因为冠名遇到困难，原因是船东要冠自己公司的名，郭川坚持冠"中国青岛"号，为此郭川要付出150万租金赔偿船东。郭川告诉我一定要这么办！我当时不知道体制外的体育人有多么难，但良心告诉我要帮帮他。在请示了市政府领导之后，我从当年的帆船经费中挪了一块，给了郭川团队100万，对他来说杯水车薪，但是他及他的团队从来没忘记过，随后我包揽了他出发的所有活动筹备及费用，送他出发的时候，随行的游艇跟出了很长时间，从欢呼到流泪，流干了眼泪，喊哑了嗓子，我觉着他回来的可能性很小……

事实上，不少亲朋好友都有这种担心，只是不愿表露出来罢了。一个人、一条船、一片海、一道未知的难题。挑战海洋、挑战自我，太难了……

按照国际惯例，每当一项远洋航海赛事起航前，都会有一位名人从比赛船上跳入大海，为参赛选手壮行。而今天为郭川担任"跳海嘉宾"的，就是帆板世界冠军张小冬，她陪同郭川绕行一周，深情地拥抱祝福，相约明年春天再见。而后，她张开双臂纵身跃入大海。

站在起点线上的副校长按下了秒表。他是国际帆联仲裁专员，执法过雅典奥运会帆船比赛。国际帆联规定，创纪录的航海项目，必须选择醒目而永久的建筑物作参照。副校长受国际帆联委托，肩负着仲裁使命。上个月，他带着几位助手仔细测量，反复权衡，确定了"五月的风"雕塑尖与奥帆中心灯塔顶部，为郭川此行的起终线。

11时57分07秒，"青岛"号以约20海里的时速冲过了起点，标志着郭川正式拉开不间断环球航海的帷幕。副校长大喊一声："青岛号，起航了！"刹那间，几道彩烟升腾而起。郭川挥了一下手，全神贯注地驾船乘风破浪，向前航行，不一会儿便消失在美丽的水天线中。

此时此刻，始终淡定甚至面露微笑的妻子肖莉，再也抑制不住自己的情绪了。她把小伦布交给郭家大姐，突然跪倒在地上，朝着"青岛"号的方向磕了三个头，祈求上苍保佑丈夫一帆风顺，平安回来……

欢乐热闹的场面瞬间消逝，面对的将是几个月孤寂单调、隐藏着种种风险的海洋。当最后一个人影远离视线后，郭川仿佛一下子放松下来，感觉终于可以休息了。

"青岛"号船体太狭小了，40英尺级，长度只折合12米，为单人不间断环球航行最小级别的。船上有个主控制台，上面有一排开关、仪表，用于导航，显示船速、水深、合成风和船行方向，等等。供电要靠太阳能蓄电池，还有天线系统，随时和卫星保持联系。

郭川的饮食起居限定在4平方米的船舱内，在海上只能靠脱水压缩食品充饥，吃饭时，把食物浇上热水，泡成糊状食用。他也携带了少量罐头、香肠、咸菜之类的食品和几瓶酒，留着在船上过元旦、春节和过生日时庆贺。这一去就是数月的时光。此外，他只带了一箱纯净水，那是在遇险时的救命水，平时饮用水全部来自海水净化装置。

虽说眼下郭川特别渴望休息，身体却马上要进入另一种状态。首先就是培养自己的睡眠系统，一个人面对大海，什么事情都可能发生，时刻需要保持着高度的警醒状态。他设置了一个闹钟，每次睡觉最多20分钟。哪怕一丁点异样的声响，都会刺激着他的神经末梢。

后来，郭川回忆最初航行过程时说道：

……实在太困了，死去活来的困。白天还好，我能坚持不睡。可天一黑，半夜到天亮，是最难受的时候。那是我在海上的第二天晚上，凌晨3点，我心力交瘁，决定打个小盹。也就20分钟，突然听见咣当一声。我一下就醒了，然后脑袋蒙蒙的，心想肯定是挂上渔网了。最简单的办法，是把帆降下来，看看如果没有动力，渔网的绳子能否自动松脱。但当我降帆之后，发现浮标和绳子仍然绞在船底。我拿了个钩子，小心地把绳子一根一根勾过来，再用刀子割掉。浮标仍不停地在撞击。那真是个恐怖的声音，就像深更半夜有人在猛烈地敲门。

一个多小时后，声音终于停下了。我拿着手电筒，检查了一下四周，看看船舵，自我感觉没出什么大问题，终于松了一口气。天仍是黑的，很快就是黎明，我却再也睡不着了。受了这个惊吓，睡意全无。说实话，如果那天真出了什么大问题，导致必须放弃这次航行，我一定非常沮丧。为了这次航行，我准备了将近两年，即使要放弃，也不要是现在……

对，绝不能轻易退却。两年来，他整装待发，秣马厉兵，付出了巨大的心血和牺牲。特别是作为独子，郭川竟然未能赶上为病逝的父亲送终，成为终生的遗憾。那还是他去年在法国集训的时候，一天突然接到家人的紧急电话："父亲病逝，定于后天举办火化仪式。"啊！他心痛欲裂，泪流满面，自己长年奔波在外，难以为重病在床的父亲尽孝。这次一定是病情急转直下，来不及通知他回去见最后一面了。

郭川立即请了假，驱车向巴黎机场飞奔，买上最早的一班机票回国，恨不能一步迈回到父亲身边。万万没料到，由于机械故障原因，这趟航班晚点了。他悲伤而焦躁地转来转去，痴痴地等待着，一直从晚上10点等到凌晨3点多钟，等来的却是航班取消！如果改换第二天的航班，计算一下时间，肯定赶不上父亲的追悼会了。

怎么办？父亲自从得知他的环球航海计划后，就表示支持，期待着儿子为中国人争这口气。他要化悲痛为力量，不能有一丝一毫的懈怠和耽搁。想到这里，郭川跪地向东方磕了一个响头，流着泪说："爸爸，儿子不孝了，不能为你老人家送行了！请你原谅，你一直以儿子为荣，我不能停下来……"

现在终于成行了，郭川感到身上承载着父子两代的志向，怎能不全力以赴勇往直前呢？夜深人静时，他望着无边的海浪、满天的星斗，总在想那是父亲在看着自己呢，身上就有了无穷的勇气和力量。

接下来，他遇到了一个又一个难以想象的难关，都想方设法地去拼、去闯、去奋争。用他的话说："我每天以海水洗头、以雨水洗澡、以泪水洗面。我恐惧过、沮丧过、哭泣过，但没有放弃过！"

让我们回放一下当时的航程片段，可见一斑——

2012年11月27日，横风帆一个固定点的缆绳，在与轮轴发生摩擦后突然断裂，郭川在一片漆黑的环境下花费了一个小时，才将面积约 100 平方米的横风帆铺在水面上并重新收好。

2012 年 11 月 30 日，"青岛"号行驶至热带风暴南侧，郭川小心驾驶，绕过风暴中心区，成功摆脱了灾难性天气的威胁。

2012 年 12 月 27 日，帆船大前帆突然发生破损，坠落水中，他紧急将船停住，在漆黑的夜里花费很长时间才将帆从水中捞起，重新收好。随后，爬上六层楼高的桅杆，剪掉之前大前帆的残余部分。

2013 年 1 月 5 日，郭川在海上迎来自己的 48 岁生日，按照约定，他打开电脑视频，看到了妻子和儿子可爱的面容。想家的情绪非常浓烈，他把儿子的照片打印出来，贴满船舱。肖莉和孩子每天都会和他通电话，讲讲家里的事情，电话里的笑语盈盈，压住了舱外的疾风大浪。

2013 年 1 月 18 日，郭川来到了南美洲最南端的合恩角。这是整个航程中真正给他带来巨大危险的地方。它位于智利南部合恩岛岬角，以 1616 年绕过此角的荷兰航海家斯豪滕的出生地合恩命名。终年强风不断，波涛汹涌，历史上曾有 500 多艘船只在此沉没，两万余人葬身海底，有"海上坟场"之称。

郭川全神贯注地驾驶帆船，一会儿被巨浪推向波峰，一会儿被卷入波谷，在惊涛骇浪中前行，随时都有葬身大海的危险。经过两天两夜的顽强搏斗，终于闯过了这道鬼门关。他按照传统，掏出早就准备好的一瓶朗姆酒、一根雪茄，把摄像机放在前面，拍下这难忘一刻。一脸沧桑但异常兴奋的他举着一块纸板，上面写着："走得到的地方是远方，回得去的地方是家乡。"

2013 年 1 月 19 日，在家中的妻子接到了郭川的卫星电话："合恩角，过了！"顿时，肖莉的眼泪夺眶而出……

整个航行并非全是苦难，也有许多充满快乐和自由自在的时光。风平浪静的时候，不少海豚会在船前跃出水面，为他领路。有一次，郭川还遇见了飞鱼群，两侧蓝色的鳍好似一对翅膀，有的还飞进了船舱。郭川把飞鱼做熟后品尝，难以下咽。他也试着钓过鱼，但每次都希望落空。如果下雨了，他就站在甲板上冲洗一下，痛快地洗个澡，享受一次淋浴。

在茫茫的大海上，海风的方向变化无常，单人航行要求船员时刻注意调整船帆，确保航行的方向准确。白天不能睡觉，因为风向风力变化很快。一次在顺风航行时，郭川认为风不会很大，就使用面积比较大的船帆。不料，刚挂好风帆，风速突然加快，船像脱缰的野马一样难以控制，桅杆差点儿折断，他马上把帆降下来，才避免了危险。

航行途中，郭川携带食品量不足，前半程很快就吃到所剩无几。后半程郭川处在半饥饿状态，却舍不得多吃，以备不时之需。食物对他的情绪影响很大。他的年夜饭是一包冷冻脱水食品、一袋腊肠、一瓶白酒和一盒罐头，这已经比平常吃得丰富多了。

2013年3月12日，"青岛"号航行在爪哇岛与苏门答腊岛之间的一条狭窄水道。郭川感觉回到了文明世界——有人间烟火了，但有的人可能会是"海盗"。那是凌晨左右，郭川突然发现船又被渔网缠住了。它安静地停在爪哇海上，一动不动。黑灯瞎火的，什么也看不见。他特别抓狂。突然间传来了马达声，远处有一点点微弱的光游来。

起初，郭川以为是普通的渔船，希望他们来帮忙摆脱渔网，便大声喊叫着。不料，他们径直撞过来。"不好！"郭川心想，"这一定是有意的。"不过这一撞，帆船开始松动，郭川赶紧升帆乘风开走，一边跑一边回头看，船上有两个人，见赶不上便放弃了。郭川猜测他们只是一些业余的小海盗，如果自己运气差，帆船被网缠着走不开，就可能成了他们的猎物。

有惊无险，"青岛"号很快驶进了南中国海，穿行在台湾海峡，离终点越来越近了。这里的视线中，始终能看到有船在四周。白天看得清楚，郭川可以睡上20分钟。到了晚上，则根本不敢睡，生怕被什么船只撞上。有一次，连续两三天都没睡觉，感到疲劳极了，只是胜利在望的信念，在支撑着他。

2013年4月3日清晨，肖莉接到丈夫的电话，听到郭川激动地说："我肯定能回家了！"她又掉下了眼泪……

两天后——4月5日清晨，郭川驾驶的帆船驶入青岛浮山湾的奥帆基地，驶入了去年秋天起航的地方。家乡父老早已等候在这里欢迎远航归来的游子，自己的城市英雄。"青岛"号先后两次自东向西、自西向东驶过终点线之后，在数十艘伴航的迎接船队齐鸣的汽笛声中驶入港池。

"来了！来了！"岸边人群中传来山呼海啸般的欢呼声，一个个兴奋地指指点点。郭川站在船头点燃了信号棒，与岸上的鞭炮烟花一齐腾飞。人们不断高呼着："郭川！英雄！""好样的，郭川！"

现场大屏幕上显示的航行时间为137天20小时02分28秒。最终纪录，还要等待国际帆联核实黑匣子的数据，精确地确认冲线时间。那时，郭川将创造40英尺级帆船单人不间断环球航行世界纪录，并历史性地开启了这个项目的"东方航线"。

此时，"青岛"号尚未靠岸，归心似箭的郭川早已等不及了。他面朝岸边跪拜叩头，而后纵身一跃，跳入冰凉的海水中，奋力游向妻儿身边。早已等候在岸上的肖莉搂着两个孩子泣不成声。郭川用尽力气爬上了岸，爬到亲人面前，埋头亲吻着故乡的土地。慢慢地，他抬起头，对妻子肖莉说："我，活着回来了！"

郭川的母亲也走过来，一家人紧紧拥抱在一起。

前一个夜晚，得知郭川快到家了，74岁的老母亲激动得一夜没睡，今天她带来了儿子爱吃的苹果、山楂片、桂圆、花生米……

六、奇人郭川

灯火辉煌，明星闪烁。

2014 年 1 月 11 日晚上，中央电视台演播大厅里一片喜庆气氛，本年度《CCTV 体坛风云人物》颁奖盛典正在举行。这是由中央电视台主办，国家体育总局、国家广播电视总局大力支持的一项年度体育人物评选活动，是中国体育的荣誉殿堂。

当依次评选出最佳男女运动员、教练员等奖项之后，两位嘉宾——体育界的元老、国际排球名誉主席魏纪中和家喻户晓的传奇人物、中国排球队主教练郎平走上前台，宣布并颁发"2013 体坛风云人物年度特别贡献奖"。背后大屏幕上映出几位候选人，其中有郭川航海的画面，画外音解说：

> 如果你在大海上生活 137 天，你可以成为水手；如果你在大海上驾船行驶 137 天，你可以成为船长；如果你一个人不间断在大海上航行 137 天，并且创造了世界纪录，你就是航海家！郭川，改变中国航海历史的英雄！

短片播放结束，魏纪中在郎平的注视下打开了获奖名单，高声宣布："获得 2013 体坛风云人物年度特别贡献奖的是——"

蓦地，整个大厅里自发地响起一片兴奋的喊声："郭川！郭川！"

魏纪中看了看全场，提高嗓门蹦出两个字："郭川！"

"噢！"全场一片掌声一片欢腾，看得出来这是众望所归。身着黑色西装的郭川从座位上跃起来，笑着向大家挥手致谢，然后大步走上台去领取奖杯和证书。他，当之无愧。

至此，郭川的荣誉榜上又增加了一项——体坛风云人物年度特别贡献奖。用修成正果、功成名就来形容他，似乎一点儿也不过分，或许应该停下奔跑的脚步、收拢高扬的风帆，歇一歇了。一些亲友劝道："郭川，差不多就行了！"

　　不，不，郭川是一个不满足于现状的人，是一个不断挑战自我的人，简言之，他是一个东方奇人！当他从大有前途的公司高管位置上毅然辞职，寻找自己的梦想人生时，很多人不理解；当他参加了克利伯帆船赛、沃尔沃环球赛、横跨大西洋等一系列赛事，获得了众多鲜花和荣誉，大家劝他见好就收时，他却选择了更为艰难的单人环球航行。同样，这次在北京领奖之后，郭川马不停蹄地又策划下一步行动了。

　　他的理念是，体育贡献奖，并不是仅仅表现在自己赛出好成绩，还要尽可能为发展这个项目尽心竭力，尤其在国内尚未十分普及的帆船运动上面。由于郭川的奋斗和成功，国际帆船界已对中国刮目相看，同时也影响和带动起一大批帆船爱好者。郭川对此十分自豪："这证明我不是一个人在战斗！"

　　别的城市不说了，仅在他的家乡青岛就涌现出了一批跟随者。其中，最典型的是有"女郭川"之称的宋坤。"80后"的宋坤是土生土长的"青岛大嫚"，自小与大海结缘。大学毕业后，宋坤回到青岛受聘到航海俱乐部做翻译工作，接触到了帆船，也一发不可收地爱上了航海。

　　2013年9月，当时的宋坤将在伦敦驾驶"青岛"号，参加2013—2014克利伯全部8个赛段的比赛。除她以外还有8名中国船员，但他们每人只参加一个赛段。宋坤如果全程坚持下来，有望成为第一位帆船环球航行的中国女船员。

　　正在备战新征程的郭川，闻讯后十分高兴。他专程来到英国伦敦看望即将出发的宋坤，讲述当年自己参加这项赛事的经验教训，供她参考。郭川还拿出一个崭新的睡袋说："小宋，这是法国朋友送给我的，保暖性能特别好。我送给你，去争取好成绩吧！""船长，太感谢了！这对我来说是很好的激励，一定要争取成功。""对！你只要坚持到底，就是胜利！"宋坤用力点点头："我对完成比赛很有信心。"

本赛季是"青岛"号帆船连续第5次征战克利伯环球帆船赛，自2006年郭川成为首位参赛的中国人后，先后有30余名中国人通过这项国际知名赛事实现了远洋航海梦。宋坤随船队于2013年9月1日从英国伦敦起航，沿途停靠11个国家16个港口，于2014年7月12日再次回到伦敦。她就像当年的郭川一样，咬紧牙关顽强拼搏，成为中国女子环球航海第一人。

其间，郭川一点也没闲着，又自费来到法国这个航海大国去加油充电。当时业内出现了一种新型的三体大帆船，船身是由碳纤维做成的，重量轻而速度快。全世界只有5艘。郭川看好了这种航海最前沿的工具，希望驾驶它去完成更高难度的航行，更好地树立中国人的形象！

正值国家提出"一带一路"倡议，青岛市作为节点城市之一，需要扩大宣传力度。而市委市政府领导与历届领导一样，都有着浓厚的"帆船之都"情结，在得知"海洋公益形象大使"郭川需要一艘新船时，他们及时开会研究决定，帮助郭川将船购买下来。

2015年3月15日——中国航海英雄郭川作为船东代表，在世界航海运动圣地法国拉特里尼泰，将心仪已久的"宝船"收归麾下。这条即将被命名为"中国·青岛"号的三体船，曾在法国航海家弗朗西斯·乔伊恩驾驶下，创造了57天13小时34分06秒的单人不间断环球航行的世界纪录，至今仍然是航海界的标杆。

郭川说："我为能够代表中国青岛，接收这条有世界传奇意义的三体船而感到自豪。我从一艘只有我自己驾驶的'小青岛'号的船长，成为一艘超级三体大'中国·青岛'号的新船长，我的航海目标也从一个人的小目标，变得更加具有世界意义，我希望为中国在世界航海史册书写新的辉煌。"

此船长 29.7 米，宽 16.5 米，桅杆高 32 米，重 11 吨；装有现代化的导航、通信等设备；船帆顺风最大面积 520 平方米，迎风最大面积 350 平方米。周身漆着中国人喜爱的红色，高高的大前帆上，也是一片红红的底色，上边描画着世界地图，书写着硕大的"中国·青岛"字样，最顶端是一面醒目的五星红旗！

经过一年多的精心筹划准备，郭川又要踏上新的航程了……

2015 年 9 月 3 日，伴随着北京举行纪念抗日战争暨世界反法西斯战争胜利七十周年大阅兵的乐曲，郭川带领他的团队驾乘"中国·青岛"号三体大帆船，从俄罗斯摩尔曼斯克出发，开始大胆而"疯狂"地挑战北冰洋的航行。

这年郭川已经 50 岁了，从未涉足过冰海航行，可他此次组织的船队经验丰富，技艺超群。获得过 30 多个国际纪录片大奖的英国导演斯图亚特·宾斯，将跟踪拍摄纪录片《郭川船长》。宾斯认为，航海没有雄厚的实力是不行的，19 世纪是欧洲的航海时代，20 世纪属于美国，但今天应该是改革开放后崛起的中国航海时代。

在开机仪式上，宾斯向郭川提问："对你，好像没有什么不可能？"郭川答道："不全是。我感觉自己很幸运，是时代赋予了我这样的机会。过去 10 年间，帆船运动在中国的发展，恰好是这个东方古国在新时代飞速进步的一个缩影！""那你目前最关心的问题是什么？""起航！风帆升起的那一刻，所有的事情都留在岸上。呵呵，只要船开出去，我的假期就开始了。"

别看他说得轻松，实际上时刻绷紧着心弦。北冰洋 3240 海里征途漫漫，若不是气候变暖出现短暂的冰融期，平时这里只有破冰船前行。郭川及其团队驶入寒冷的东西伯利亚海，水温是零摄氏度，船舱外一些部件结冰，船员们不停地拍打冻在绳索和帆上的冰。这被称为"生死远航"的冰缘线，考验着每个船员的勇气和毅力。

海面上不时有冰山漂过，随时可能撞坏帆船。好不容易躲开冰区，又遇到了极地狂风。船体在不停地颠簸摇晃，一会儿被推上浪峰，一会儿又跌入深谷。主帆被冻坏，滑轨突发故障，不能正常使用。郭川带领船队冒着刺骨的寒风连续奋战，更换了零件，修好了主帆滑轨，保障了正常航行。

一路拼搏风雨兼程，郭川和他的船员从巴伦支海开始，先后穿越了喀拉海、拉普捷夫海、东西伯利亚海、楚科奇海，最后来到了白令海峡。国际标准时间 2015 年 9 月 15 日 16 时 48 分 24 秒，船长郭川亲自掌舵，率领 5 名国际船员驾驶"中国·青岛"号，冲过了在白令海峡设置的终点线。

"我们成功了！"船员们击掌相庆，欢呼着，蹦跳着。

驾驶无动力帆船在不间断、无补给的情况下，历经 12 天 3 小时 7 分钟，完成了危机四伏的北冰洋东北航线，郭川又一次创造了世界航海新纪录，谱写了人类航海史上新的绚丽篇章！

马不停蹄，时不我待，在我们这个日新月异的时代里，有责任敢担当的人不会停下前进脚步的，更何况"帆船达人"郭川呢？他们驾船回到青岛母港后，经过短暂的维修保养，立即投入"21 世纪海上丝绸之路"的航行。

这是由青岛市有关部门主办的大型航海活动，帆船将到访中国香港、新加坡、斯里兰卡、印度、意大利等 8 个国家和地区，秉承"和平合作、开放包容、互学互鉴、互利共赢"的丝绸之路精神，加强不同文明之间的交流，将青岛的城市形象、中国的国家形象，传递到海上丝绸之路沿途的港口城市。

值得一提的是，已经从克利伯赛事中成功归来、获得了"中国女子帆船环球航海第一人"称号的宋坤，与来自法国、德国、挪威等国的几名国际船员一起加入了郭川团队，成为传奇船长麾下的一名女水手。

2016 年初冬，在郭川船长于太平洋失联一个月后，我来到青岛采访了这位年轻的女航海家。她心情沉重地说："郭川船长是航海界的珠峰，也是我学习效法的楷模。那是我们第一次合作航行，他给我留下极其深刻的印象。他办事严谨稳妥，胆大心细。他多次说'让我们一起努力把中国帆船推到国际上'。这次他意外地失联，是中国乃至世界航海界不可弥补的重大损失……"

自然，这是后话了。

2015 年 10 月 21 日，郭川船长率领他的团队从母港青岛缓缓驶出，沿着 21 世纪海上丝绸之路自东向西，开始了跨越亚欧非三大洲、造访 9 座海港城市的友谊之旅。船，还是那艘战胜过北冰洋的三体帆船，红色的船体、五星红旗和"中国·青岛"字样依旧。

两个月过去了，这些挑战极限的勇士们克服风力强劲、船体颠簸、船帆断裂，甚至海盗威胁等种种困难，终于抵达了本次活动的终点站——摩纳哥。消息传来，青岛市委在第一时间发来贺信，向"中国·青岛"号郭川船长、全体船员表示热烈祝贺和诚挚慰问：

> 历经 60 天激情扬帆、乘风破浪，你们完成了 1 万海里的 21 世纪海上丝绸之路帆船航行；历经 12 天不畏艰险、攻坚克难，你们创造了人类北极东北航道世界纪录，充分展现了航海人挑战极限、超越梦想的拼搏精神……

随后，国际帆联、中国航海协会、北京奥运城市促进会等单位的贺信、贺电雪片似的飞来。12 月 21 日，在久负盛名的摩纳哥游艇俱乐部，世界"和平与体育"组织举行了盛大的欢迎仪式。乔伊·布佐主席为郭川船长和船员们戴上了象征成功的花环，代表摩纳哥亲王阿尔伯特二世给予了热烈的祝贺！他称赞郭川是"和平冠军"："你带领着国际船队成功挑战了北冰洋创纪录航行，并完成了海上丝绸之路的航行，将和平的信息传递给全世界。我们为你身上所展现的体育精神感到骄傲！"

是的，胸中跳动着一颗火热的中国心，加之拥有了这艘新型的三体大帆船，郭川船长如虎添翼，率领他的团队成功地完成了一个又一个挑战，赢得了全世界航海界对我们华夏古国的刮目相看。

2016 年 1 月 14 日在伦敦船展上，帆船界权威杂志《帆船与航行》举行年度颁奖典礼，郭川船长荣获年度成就奖。颁奖词说："作为来自帆船航海并不发达的国家——中国的水手，郭川让我们看到了中国帆船航海的潜力！"

世界帆船运动领域的气象权威克里斯蒂安·杜马尔说得更加生动："一件连我们这样疯狂的法国人想都没有想过的事，竟然被一个中国人干成了。郭川就好像第一个完成环球航行的人、第一个登上珠峰的人一样，不可思议而又让人敬仰！"

面对如此高的评价，郭川只说了一句朴实无华的话："来到这里，我不能让我的祖国蒙羞！"

如果有人问，是什么支撑着郭川不惧风浪、抛家舍业、一往无前的？我想原因是很多的，爱好、兴趣、成就感或许都有，但最根本的还是上面这句朴实无华却振聋发聩的话……

七、"殉道者"郭川

长风破浪会有时，直挂云帆济沧海。

这是我国唐代大诗人李白的诗句，表达了尽管前路障碍重重，只要锲而不舍，持之以恒，终将乘长风破万里浪，横渡沧海，到达理想的彼岸。同时，这也是中国驻美国大使崔天凯给郭川发来的祝词，勉励他再接再厉、勇往直前。

北京时间2016年10月19日5时24分11秒，永不满足的郭川船长，驾驶着心爱的三体大帆船"中国·青岛"号，从美国旧金山金门大桥出发，前往中国上海，正式开启了"金色太平洋挑战"之旅。正如本文开篇所描写的一样：郭川将单人单船不间断、无补给跨越太平洋，计划在20天甚至更短的时间内完成。按说，比起他之前创造过的那些帆船世界纪录来说，这应该是一次难度不大的航行活动。

然而，世间万事就是那样的奇特难卜。

时光的车轮跨入了2016年，一连串的征程计划在等待着郭川和他的团队。

4月，他带领着自己的团队来到法国训练、磨合、准备。

6月，郭川回了一趟北京，看望妻儿，联系有关事宜，来去匆匆。走时，还是夜深人静之时，还是肖莉开车送他去机场。一路说不完的话，分别的时刻到了，夫妻俩却无言，只是郭川临下车时说了一句："我们再见面，就到冬天了！"

而后，郭川背着双肩包，拉着拉杆箱，匆匆走进候机大厅2号门。肖莉望着他的背影，趴在方向盘上哭了……

8月，"中国·青岛"号大帆船来到巴西，停泊在里约城的港湾里，漂亮的船体和高大的船帆，鲜艳的五星红旗、硕大的"中国·青岛"字样十分醒目。郭川和他的团队一边休整，一边训练。

9月，整个团队前往美国旧金山，全面检修补给，进行了海上试航。计划10月中旬起航，可就在整装待发之际，发生了一件令人十分不快的事情，好似冥冥中预示着什么。

那是 10 月 15 日，郭川的表姐孙萍一家三口飞抵旧金山，看望即将出征的船长弟弟。这是他们多年的惯例——每当郭川启程与返航时，作为他的亲人，都会赶到他停靠的码头去迎送助阵。而郭川也特别依恋姐姐、姐夫，愿与他们说说心里话。

当晚，就在他们聚会用餐后走出门时，突然发现郭川的汽车玻璃被小偷砸破，放在座位上的双肩包不翼而飞，里边有他的护照、现金、个人电脑等，更令人痛心的是，电脑保存的航海记录资料也随之丢失。大家都很惊讶和气愤，郭川更是愤怒得几乎发疯，一边朝着大街怒骂，一边用脚狠狠踢着车轮："这是哪个混蛋干的？快出来，还给我的包！"

这种失控状态，是孙萍多年没有见过的。她劝他冷静一下，可郭川丝毫不听，照样大吼大叫着，情急之下，孙萍挥手捶了他几下——这是她从小到大第一次打他，却疼在姐姐心上。但似乎只有这样才能让他平息下来。孙萍说："愤怒着急是无用的，现在我们一边报警，一边最大限度地帮助你弥补损失。"

"对、对，我们都帮你想办法，尽量不影响工作。"聚餐的朋友谢明、李永茜夫妇，以及外甥女叶菲都劝解道，并且立马慷慨解囊补买用具。

看看，这种砸车窗盗窃令人憎恨的"蟊贼"，在美国也照样有。而且由于案发时间是晚上 9 点半，报案后警察迟迟没有现身。孙萍、郭川连忙给中国总领事馆打电话，领事闻讯高度重视，马上派人联系警察局，留下报案记录和悬赏通告，又在第一时间为郭川补办了护照。

第二天，朋友们就带着郭川购买了新电脑，最大可能地恢复了航海数据，并且代付了帆船停泊费。近乎抓狂的郭川稳定了，表示尽量调整好自己的情绪，不影响即将开始的航行。事后想起来，这就好像古代战前发生战马摔倒、旗杆断掉等事件似的，似有出师不祥之兆。当然迷信之事不可取，但此事确实打乱了郭川原本要在出发前放松调整的计划。

好在他是老水手了，不久便将种种"不快"丢在脑后，投入了紧张的备战之中。孙萍心中感到一阵欣慰："兄弟，你状态不错，我很高兴！"

"姐，你放心，大风大浪都经历过，现在风向天气又很好，我会顺利的。"

以前他每次走，作为姐姐的孙萍都很揪心，这次感到了些许踏实。然而，现实却恰恰相反……

起航前几天，风平浪静，一切正常，郭川熟练地操控着"中国·青岛"号，行驶在东太平洋的海面上。船舱工作台前，摆放着妻子肖莉和两个儿子的照片，微笑着伴随着他。录音机里，是他精心录制的西班牙歌手安立奎的独唱《英雄》，其中音乐前奏特意夹杂着小儿子郭伦布的笑声。

每天傍晚，在苍茫的大海上，伴随着悠扬的歌声和儿子的笑声，结束了一天劳作的郭川手握船舵，凝神望向远方。夕阳把他饱经沧桑的面庞镀上一层金色，墨镜上反射着余晖的光泽，海风扬起蓬松凌乱的鬓发，紧抿着的嘴唇流露出一种沧桑孤独又饱含柔情的表情，整个人像雕塑一样。

按照约定，郭川定时与岸上团队、与团队刘总联系通报情况。刘总与郭川年龄相近，重庆人，曾担任过中央电视台记者，现定居英国。5年前，她和郭川相识在海南三亚一次帆船活动发布会上，相谈甚欢，就做起了郭川团队的总负责人，既是郭川的智囊，也是他的管家。

北京时间10月25日下午3点半左右，郭川驾船行驶到美国夏威夷海域附近，岸上团队从监控轨迹上，发现船的航行速度明显慢了下来，他们试图通过卫星电话与郭川联系。"丁零零、丁零零……"电话响了很久，但郭川没有接听。他们马上向刘总报告。整个团队陷入了焦急的呼救和等待中。

北京时间26日凌晨4点，刘总把电话打给了身在北京的孙萍，说："从昨天下午起发现船速不正常，就是打不通郭川电话，到现在已有10个小时联系不上了！"

"啊！"刚从睡梦中惊醒的孙萍大惊失色，睡意全无，立即拨通了中国驻洛杉矶总领事馆副总领事孙鲁山的电话，请他马上联系美国有关方面前去救援。这时，她不敢告诉肖莉。丈夫海上失联，妻子是最受不了的。

在中国驻洛杉矶总领事馆、国际海事救援中心北京分部的全力协助下，靠近三体船航行海域的夏威夷火奴鲁鲁（檀香山）当地海事救援机构派出搜救飞机，前往事发地点。紧接着，美国海岸警卫队也派出了两艘军舰前往事发海域，并靠近了"中国·青岛"号三体船。舰上人员登船后检查了一遍，大三角帆断裂了，没有找到郭川的下落。这意味着单人航行中最坏的结果——人船分离了。

技术专家的事故报告分析：航行途中大三角帆意外掉落，应该是事故的诱因。郭川尽力想让船停下来，但大三角帆和边翼船体的船舵缠绕在一起。他当时穿着救生衣，系着安全绳，并带有信号浮标。他要设计一套用以把船帆拉上来的系统。在某个时刻，或者突遇大浪，或者有大鱼撞击，他失去了平衡，掉进了水中。

郭川落水后，帆船仍以大约每小时20公里的速度航行，身系安全绳的他可能面临两种情形，都很可怕。第一，他被拖着在水中滑行，继而溺水，没有时间发出求救信号；第二，他因落水受到水流冲击而失去知觉，救生衣和求救装置也被海浪冲坏断掉。生还希望十分渺茫了。

尽管如此，从我国驻美国大使馆、总领事馆，美国海上救援队到郭川团队、亲朋好友等，以及中国、法国、英国的航海专家们纷纷投入人力物力，甚至发起了救援捐款，人们慷慨解囊相助。中央电视台新闻联播、体育频道，各网站也不断地发布消息，关注最新进展，掀起了一场空前浩大的海空大搜救。

然而，人人心里都明白，失联这么些天，肯定是凶多吉少了。可是谁也不愿说出那个黑色的名词，总盼望着奇迹可能发生……

时光一天天过去，奇迹没有出现。

其间，岸上团队联系了有关专家、水手，已经把郭川船长的三体帆船拖到了夏威夷。刘总一直待在那里，组织一拨拨的搜救，看护维修船体，期冀意外的佳音，但收到的消息只有四个字：持续失联。

一个月后，刘总与两名曾经和郭川共事过的法国水手来到海边，遥望远方，默默伫立，表达对郭川的思念。天边翻滚的浓云正在由白变黑，海浪吐着白沫不断冲向金色的沙滩。四周一片静默，只有无休无止的潮涨潮落声，拍打着人们的心扉。三个人相对无言，双手合十，让自己的眼光尽量望向海天交接的远方——

也许，在大海深处的某一片清澈水域，郭川正迎着东方的太阳追逐自己的梦想。满载一船朝晖，他在放声高歌。认识郭川的人都知道，由于种种原因，他的行为和追求还未得到应有的重视，一直活得有些压抑。

也许，在太平洋某个不知名的小岛上，郭川正在奋力地披荆斩棘开辟求生的通道。理解郭川的人也明白，他是一个不会轻易服输的人，就像海明威笔下的《老人与海》中的老渔夫一样，永远不会被打败……

人同此心，心同此理，这段时间以来，国人为郭川船长的命运深深担忧着、惋惜着。在当下信息相当发达，微博、微信等自媒体、互动媒体百家争鸣的时代，网友微友们纷纷发声。这里，选载一二，供各位读者参阅——

> 一位叫"青春的痕迹"的网友真诚表示："我特别钦佩这种敢于挑战命运的人。但是大海离我太远了，我只能默默地祈祷：吉人自有天相吧！"
>
> 网友"巴西站星星"说："媒体没有夸大他的事迹，他真的是民族英雄，只是他胜利的时候报道得少，所以一些中国人不知道他的功绩！他在全世界的帆船航海界被称为'中国第一人'，是他把中国帆船名声打出去的！"

几乎每个网站、每篇报道郭川的文章后面，都有成百上千条读者、网友们的留言，大部分都充满了对郭川的关切、祝福和尊敬。但不容否认的是，也有一部分人有另外的看法，归纳起来主要有两点：一是认为郭川此举是对家庭的不负责任，只顾自己追名逐利，而使妻儿老小无依无靠；二是对于英雄定义不认可：说好听一点是一个壮士，说普通一点只是体育爱好者，说得不好听那就是冒险找死！不知道他的这种个人行为，给大家带来了什么？怎么就成了英雄呢？

老实说，这些话语给了解郭川、理解船长的人深深的刺痛，难以忍受心目中的英雄生死未卜，甚至魂归大海之际，还被不明真相的人如此中伤。笔者在采访郭川的同学、亲友、支持者等人士时，无不对此表达了心中的愤慨。

可是，平静下来认真思考一下，那些网络"喷子"大多不是故意捣乱的人，而只是对帆船航海缺乏了解、对正确的"英雄观"缺乏了解罢了。

郭川是不是一个只顾个人名利、不管家庭的人呢？

答案显而易见：不是！相反，他是一个深深爱着家庭妻儿的孝子、贤夫和可爱的父亲。正因为这种挚爱，才使他一次次离家远航，去追求人生的梦想和祖国、民族的尊严。而也正因如此，他获得了亲人有力的臂膀和温暖的怀抱。他的妻子肖莉，在回答有关问题时坚定地说："他有个大目标，他做的一切我都支持，因为我爱他！"

这些年，郭川从事这种非奥运会项目、国内属于小众的帆船航海，争取赞助是比较困难的。曾经闹过这样哭笑不得的笑话：他们到一家企业谈商业广告，不料人家一听是帆船项目，立即打了"回票"，说什么听起来像"翻船"，不吉利！其实，它是预示着"一帆风顺"呢！加之帆船运动成本较高，这些年郭川团队基本上是负债运营。

而他本人呢，更是因早就辞职离开了体制，没有固定收入，十分节省，恨不得一分钱掰成两半花。早年，他从北京往返青岛联系事务，根本舍不得买卧铺票，都是坐一夜硬座，天亮下车，背着个双肩包赶到市里有关部门办事。一天下来，马上再乘夜车返回，为的是省下那一晚的住宾馆费用。

后来郭川稍有名气了，也得到一些比赛奖金、赞助经费，可不断尝试更高层次的技术和项目，需要聘请名师、招募队友、交纳学费管理费，等等，这些大都是郭川自费办理。如此而已，他哪有什么利润可言？说句不好听的，幸亏肖莉有个小公司支撑着，不然连养家都困难。

也许有人会问了，那么他到底图的是什么呢？这就归结到了第二个问题，郭川这样做有什么价值和意义？在当今时代里，他算不算英雄？郭川曾经有一篇博文自述《执着的人是幸福的》，真实而客观地袒露了心迹。其中，他这样说道：

独立的思想，自由的精神，始终是我追求的一个境界。

茫茫大海，漫无边际，在长达数月的航行中，我需要忍受着孤独、抑郁和恐惧的煎熬，我的冒险行为，在常人看来无异于"疯子"。而我和别人的不同就是多了一些执着。所谓执着，就是不怕吃苦，不怕前面是未知还要把它当作追求的目标。我认为我是一个幸福的人，因为执着，我成就了我的梦想。

好奇与冒险本来就是人类与生俱来的品性，是人类进步的优良基因，我不过是遵从了这种本性的召唤，回归真实的自我……

这是郭川船长的心灵独语，也是向世人的真情告白，充满了文采和哲理。其中的每一个词、每一句话都是经过深深的思考，从人生的波峰浪谷的潮头上捧来的，值得我们尊重。

何谓英雄？有人讲："聪明秀出，谓之英；胆力过人，谓之雄。"事实上，没有谁天生就是英雄，英雄出自平常人。他们之所以能成为英雄，是因为他们踩着时代最需要的步点，在最恰当的时候及时出现了。

远在1600多年前的东晋时代，一位名叫法显的中国和尚从长安出发，历经千难万险到达天竺，第一次成功地从"西天"取经归来。他比唐玄奘早200年，"法流中夏，自法显始也"。其中，他的同伴有的死在路上，有的中途退回，也有的滞留异国不归，而他不顾年老体弱，坚决带着经文回去。

令人感叹的是，他是从海路归国的，乘坐比今天落后不知多少倍的帆船，途中几次遇到台风，既险些船毁人亡，又差点被船主认为不吉利扔到海里去，历经九死一生，才在今之青岛的城阳登陆上岸，居住了一年，整理经文，写出了珍贵的《佛国记》，成为后世人们探索文明的经典。

20世纪20年代是黄金探险的时代，世界最高峰珠穆朗玛尚未有人踏足，也从来没人走进其40英里范围以内。英国于1921年首次筹组珠峰探险队，乔治·马洛里以优异的登山能力和丰富的经验，成为公推第一人选。他接受远征邀请，接连两次攀登均告失败，还造成了人员伤亡。但他仍然锲而不舍。

对马洛里而言，家庭孩子是他生命中的最爱，完成珠峰首攀则是他内心最炽烈的渴望，他在二者之间痛苦挣扎。1924年他又加入了第三次远征队，在季风来临的时刻进行攀登。记者问他："你为什么要登山？"他答道："因为山在那里！"马洛里说完继续攀登，然而却在距离珠峰顶只有300米时，被一阵突然而至的暴风雪卷走了。

直到1999年5月1日，美国登山队的科拉德·安珂沿传统路线登攀，在距珠峰顶端不远的冰雪中，发现了一具大理石雕像一般的尸体遗骸。安珂从残留的衣服碎片，以及其他的遗物上证实，他就是失踪了整整75年的乔治·马洛里！他那句"因为山在那里！"成为勇于进取的登山名言。

难道上述这些人都是"疯子"和"狂人"吗？难道他们都是"吃饱了撑的"吗？不，不！如果世界上没有这些不甘现状、敢于冒险的人，那么人类很可能还处于茹毛饮血、刀耕火种的年代。不怕吃苦、自我放逐，为信仰而献身，为梦想而拼搏，这是古今中外的"殉道者"形象。那些为了信念、目标，执着追求直至付出生命的人，堪称理想而献身的"殉道者"！

反观郭川船长，多年来为了把中国的帆船事业推向世界高度，在欧美一统天下的领域里，醒目地写上"中国"两个大字，痴心不改、风雨兼程，虽九死其犹未悔的壮烈行为，不就是一名虔诚的

"殉道者"形象吗？这样的人，完全可以称之为我们这个民族、这个国家的"英雄"！

中国是一个海洋大国，但还不是一个海洋强国，自明朝郑和以来的 600 年间，海洋留给中国的，多是惨痛的屈辱记忆。如今，中华民族正在为伟大复兴的"中国梦"而奋斗，这离不开每个人心中涌动的豪情。在这样一个历史节点上，有了郭川，至少让我们，在麦哲伦、哥伦布、库克船长这些伟大的西方航海家面前，可以稍稍抬起头来了。

如果一定要追问郭川航海有什么意义？这意义或许就是——一种对于自身生命的拓展精神；一种不断谋求超越的进取精神；一种敢为人先、勇立潮头的创造精神！这，就是我们这个时代需要的"郭川精神"！

记得一位记者采访郭川时问道："你希望更多的人像你一样吗？"

他想了想回答："我的航海事迹或许无法拷贝，但我的追求精神可以复制。"

公元 2016 年 12 月 15 日 20 时，中国十佳劳伦斯冠军奖颁奖典礼在北京电视台大剧院荣耀揭幕。这个奖项是由素有"体坛奥斯卡"美誉的"劳伦斯世界体育奖"，与历史悠久的"中国体育十佳运动员评选"合作而诞生的中国体坛大奖，是中国优秀运动员和教练员的至高荣誉。

在颁发"最佳体育精神奖"时，主持人情真意切的演讲介绍，感动了全体来宾。这个奖项众望所归地授予了还在失联状态的郭川！随着大屏幕上郭川迎风斗浪的镜头和深情款款的音乐，主持人讲述了郭川的环球航行事迹，并把肖莉请来替丈夫郭川领奖并发表感言。

肖莉抱着奖杯和花束，站在那里想了想，说道："我在后台的时候，哭得稀里哗啦，我不知该讲些什么。不过上来之后，看到这里还有一艘帆船的模型，是郭川驾驶的那种帆船模型，所以刚才我一直回头在看，我、我真的非常想念他！"

她哽咽着说不下去。此时此刻，全场来宾无不动容，郎平、王楠、刘国梁、傅园慧等体育明星泪流满面。

停了停，肖莉继续说道："好多人都问过我，你为什么支持郭川航海。其实特别简单，就是因为我爱他。我爱郭川，自然就要支持他做他喜欢的事情。我在这里说了这么些，好像跟这个奖没多大关系。其实我想告诉大家，如果郭川今天能来这里领奖，他一定会感谢组委会，感谢帮助过他的人。兴许他还会跟大家说一下，他的下一个航行计划……"

音乐加大了音量，伴随着海潮般真诚的掌声响彻整个大厅。与此同时，北京卫视同步直播颁奖典礼，郭川获奖的片段，以及肖莉代夫领奖的真情告白立刻占据了各大网站头条。郭川的事迹和他的精神感动着每一个人，他的命运也牵动着每一个人的心！

当天晚上，由于预先没有留意北京卫视的预告，我正在收看央视一套的节目，突然接到一些朋友的微信、短信，甚至电话："赶快收看北京卫视，正在直播劳伦斯体育颁奖典礼，郭川获得'最佳体育精神奖'！"

"是吗？我马上转过台去。"

大家知道，最近我正在集中精力采访船长郭川的事迹，跑遍了他曾经奔波忙碌的地方，一旦发现有郭川的报道，朋友们便立刻向我通报。

正值中央电视台评选"感动中国"人物之际，郭川也列入了候选人之一，我每天除了采访写作，一个首要的任务就是打开手机，一遍又一遍地刷屏投票，当看到数字在不断上涨时，心里就特别高兴。过了几天，等到肖莉稍稍平静一下之后，我拨通了她的手机。一是问候她和孩子们，告知投票情况；二是向她通报青岛人正在发起捐款活动，准备在奥帆中心，竖立一尊郭川船长的塑像。大家非常踊跃，短短几天内，已经达到了20多万元。

肖莉是一位通情达理的女性，她说："感谢家乡人的厚爱与支持，郭川如果有知，一定会感到高兴的。他可以永远与大海、与青岛帆船基地在一起了。"当得知我们还在积极筹备建立郭川纪念馆时，她以商量的口吻说："这是好事，但可不可以建一座会馆性质的？平常供人参观纪念，也可以容纳航海爱好者聚会。郭川过去跟我说过，他在国外就住过这样的会馆，很有人情味。"

"嗯，你这个想法不错，我一定帮助反映上去。那名字就不一定叫郭川纪念馆了，可以叫郭川航海之家！你看呢？"

"不错，还可以多考虑一下。我们的目的就是一个，让郭川形象和郭川精神更好地传递下去。"

近来，我几乎天天与郭川待在一起——当然，我指的是电脑中他的照片和视频，一边感受他的性格特征，一边结合采访记录思考，就像与他对话似的。从中，我有了一个新的发现：郭川是一个严谨的"理工男"、豪放的航海家，但也是一个艺术气质相当浓厚的"文艺男"。他爱好音乐、摄影、文学。据说郭川还计划写自传，可惜未能完成。

记得我与他的老朋友朱悦涛交谈时，他曾说过这样一句话："郭川早晚要魂归大海的，但现在太早了……"

夜深了，我关掉电脑写作的界面，打开了下载的郭川原声朗诵。或许不少人还不知道，郭川十分爱好诗歌，早就担任了"为你读诗"公益活动的嘉宾。这是一首配乐诗，是他所钟爱的葡萄牙诗人安德拉德的《海，海和海》。自从他失联以来，我一遍又一遍地播放倾听。

伴随着一曲悠扬深沉的钢琴音乐，"为你读诗"开始了，虽说郭川的普通话并不太标准，声音也不太洪亮，但那种内在的艺术神韵、那种沧桑的人生况味，再一次拨动了我的心弦——

你问我，但我不知道
我同样不知道什么是海

深夜里我反复阅读着一封来信
那夺眶而出的一滴泪珠也许便是海
你的牙齿，也许你的牙齿
那细微洁白的牙齿便是海
一小片海
温柔亲切
恰似远方的音乐……

听着听着，我眼前似乎出现了一幅模糊而清晰的画面：若干年后的某一天，有一艘独木舟载着一位须发斑白、衣衫褴褛，却铁骨铮铮、眼睛明亮的人，好似与那位名叫鲁滨逊一样的人，从大洋上乘风踏浪驶来。郭川船长重新回到了我们中间……

（原载《北京文学·精彩阅读》2017年第4期，此后由青岛出版社出版单行本，荣获2019年"中国有声"70年70部·优秀有声阅读文学作品）

"科学"号在远航……

如果说南北极是地球两端的第一极地和第二极地、珠穆朗玛峰是最高极地——第三极地的话，那么深深的海底就是世界最深极——第四极地，而这个极地还少有人类的足迹到达，需要我们的"科学"号、"蛟龙"号以及"潜龙"号等众多海洋重器，劈波斩浪、风雨兼程。

一

"呜——"

随着一声长长的汽笛鸣响，一艘上白下红两种颜色相间、漂亮威武的科学考察船起航了。右舷靠码头一侧栏杆前，我作为一名特邀科考队员，与本航次首席科学家张鑫、科考队队长王敏晓及全体乘员身穿统一的紫红色工作服——胸前绣着一面五星红旗、背后印有"中国科学院海洋研究所"几个大字，像海军出航"站坡"一样整齐地列队，与前来送行的人们告别。

"再见了！再见了！""祝愿'科学'号早日凯旋！"……

船上船下的人们互相挥手致意，满载着"走向深蓝"梦想的科考船缓缓驶离码头。

驾驶台上，一身洁白工作服、有着丰富航海经验的船长孙其军手持望远镜，像一位临阵的将军一样，密切观察着前方海况，不时地下达着口令。年轻的操舵手则复述着谨慎操作。尖尖的船艏像一具锋利的犁铧，翻开滔滔碧波，两道白浪航迹翻卷在船舷两侧，轮船以每小时 10 节的速度驶出胶州湾。不一会儿，就把母港——青岛西海岸薛家岛码头和这座美丽的海滨城市远远地留在身后。

这一天是 2018 年 7 月 9 日，我国最先进的海洋科学综合考察船"科学"号，出海执行"热带西太平洋海洋系统物质能量交换及其影响"科研调查航次。这是中国科学院战略性先导科技专项，其中包含数个海洋研究前沿课题。作为一名致力于海洋文化的作家，我有幸随船出海采访体验。

走近"科学"号，我首先被其英武、别致的外貌所深深吸引。流线型船体、宽大的甲板，洁白的上层建筑耸立着高高的球形雷达天线罩。现代化的 360 度环视驾驶室，让视野异常宽阔明亮，茫茫海天尽收眼底。船身亮丽的"中国红"底色上赫然印着两个大字——科学，那是改革开放总设计师邓小平的手迹。

这是中国自主设计的可进行全球深海探察的海洋重器，世界一流的海洋科学综合考察船。它的横空出世，真正实现了我们从近海挺进大洋的梦想，为揭示深海奥秘提供了强大的平台。

然而，在新中国成立后很长一段时间内，我们的海洋科学工作者只能在海边上"打转转"，根本无法深入到那时而碧波涌动、时而风狂浪高的深蓝远海，也就无从谈起大力发展海洋科学事业。那时，"海洋强国"似乎只是一个遥远的梦……

二

生命起源于海洋。海洋是人类的摇篮。

古今中外，人们对于海洋始终充满好奇心。那深深的海水下面到底是一个什么世界？里面隐藏着多少难以解释的秘密和丰厚的宝藏？于是，一批批"敢吃螃蟹"的人冲向大海，试图打开那闪着神秘蓝光的海洋之门。

1949 年，新中国诞生，巍然屹立在世界东方。可是，由于历史的原因，很长一段时间里，我们在海洋上并没有站起来。虽然早在1950 年 8 月，由著名科学家童第周、曾呈奎、张玺等主持成立了国家第一个海洋研究机构——中国科学院水生生物研究所青岛海洋生物研究室（今海洋研究所前身），但几乎白手起家的海洋科研之路，步履蹒跚。

那时候，年轻的科研工作者只能依靠租用渔船出海，抑或在海边沙滩上、海岸潮间带等地进行调查与研究。曾经不止一人，遥望着茫茫的大海，发出长长的叹息。

时光转到 1956 年，国家制定《1956—1967 年科学技术发展远景规划》，海洋科学家们提出："研究海洋不出海是不行的，我们亟须配备专用的调查船。"这项建议上报到国务院，日理万机的周恩来总理高度重视，当即批示有关部门协商解决。不久，在中科院和原交通部协调下，上海海运局把一艘旧船改装成调查船，取名"金星"号，并选配一批经验丰富的船员，轰轰隆隆地将船开到了青岛码头。

一颗金星亮度有限，却依然映照着共和国初期的海洋。1957年 6 月，由回国不久的海洋学家毛汉礼为队长，经验丰富的戴力人为船长，驾驶"金星"号开始了海洋调查工作。一年后又以它为主力，在国家科委领导下，组织海军、中科院等60多个单位、600多名科技人员，开展了大规模的全国海洋综合调查——人们习惯称之为"海洋大普查"，基本摸清我国领海状况。

不过，虽说"金星"号在20世纪五六十年代纵横近海，为海洋考察立下汗马功劳，可它骨子里是一艘20世纪初美国建造的老船，内脏器官逐渐老化。随着经验丰富的首任船长和一班船员芳华逝去，它也无法再像年轻人一样去乘风踏浪……

三

历史走进1978年12月，冬天里鼓荡起一阵温热的春风，古老而庞大的中国航船转了一个弯，开辟了"改革开放"的新航向。

这年，历经磨难而痴心不改的海洋学家曾呈奎，担任中国科学院海洋研究所所长。他一手抓陆上和浅海的海洋研究，一手抓深海调查船的建造和仪器设备的更新，希望尽快追上海洋发达国家的步伐。

在他的积极呼吁奔走和中科院有关部门大力支持下，经国家批准，上海沪东造船厂为海洋所建造现代化新船。新船于1981年正式下水，命名为"科学一号"。总长104米，排水量3324吨，配备先进通信、导航系统，是一艘以海洋地质和地球物理调查为主，兼做综合性海洋调查的科学考察船。

如虎添翼！我国海洋事业具备了走出第一岛链的能力。

"科学一号"乘载着海洋科研人员多次执行国家"863""973"高科技任务。远征太平洋、数次度过赤道，在深海科研、国际合作等项目中显示身手，采集了数以万计的科研数据。其中，最富有价值的成果之一，是研究员胡敦欣课题组关于"棉兰老潜流""吕宋潜流"等现象的重要发现。

胡敦欣是青岛即墨人，1956年考上山东大学海洋系，毕业后被著名海洋学家、海洋研究所的毛汉礼被录取为研究生，走上研究物理海洋之路。多年后，他说跟着毛先生最大的收获就是专心治学。毛汉礼曾语重心长地说："做研究工作，你屁股上长尖不行，那坐不住。应该像有胶水一样，粘在椅子上！"

此话振聋发聩，胡敦欣牢牢记在心里，不但粘在研究室的椅子上，还粘在了科学考察的船上。20世纪80年代中期，从美国学习归来的胡敦欣感到西太平洋暖池东移，会引起"厄尔尼诺"现象，气候无常旱涝不均，对于我们这个农业大国影响很大，他决心在这个课题上有所突破。

胡敦欣的课题得到中科院的大力支持，由海洋所牵头联合6个涉海单位，开展"热带西太平洋海气相互作用研究"。过去没有科考船能够进军西太平洋，如今"科学一号"挑起重担。年轻的胡敦欣当首席科学家，与他同龄的俞锡春任船长。

在科考船上，首席科学家与船长的配合至关重要。每次出航前都会由首席科学家预先设计、提交驻停站位计划。可在实践中，因时常出现偶发现象，科学家往往会临时变更一下航线。这就需要船长的理解和支持。

一次在某海域调查时，胡敦欣团队感到如果再增加一个站位观测，会有更好的效果，便找到俞锡春商量："船长，咱们能不能往前延伸一下，到这个区域停一天？"

"这个……"按说这已超出计划范围，况且那片海域航线非常陌生，难以预料。不过，俞锡春只是稍一沉吟，便爽快地做出决定："没问题。只要有利于科研，我们全力配合。"

几年间，他们就是这样同舟共济，利用"科学一号"完成了许多科研项目。尤其在菲律宾南部调查时，胡敦欣确认从热带东太平洋向西运动的海水，到了菲律宾分成两支：其中向北流向中国、日本的"黑潮"，再折向东形成影响我国和东亚气候的副热带环流……

胡敦欣等人牢牢抓住这一现象，在不同深度、不同时间测量水温、流速等，计算各种数据，确定这是一支次表层潜流，因是在菲律宾棉兰老岛附近，于是命名为"棉兰老潜流"。这是世界上首次由中国人发现的大洋潜流！它引起国际社会的极大关注。2001年，在海洋环流与波动研究上做出重大贡献的胡敦欣，当选为中国科学院院士。

此外，还有其他许多海洋科学家，利用"科学一号"完成多个考察项目，取得一系列重大成果，为中国海洋科研事业赢得了声誉。不过，对于浩瀚的深海大洋和深邃的海底世界来说，这只是万里长征走出了第一步。海洋科研领域，呼唤着更为先进的科学考察船，为科学家和科研课题提供强有力的支撑……

四

海洋最值得关注的部分是深海。全球海洋平均水深是3800米，其中超过1000米的深海区占95%以上。那里边躲藏着无尽的宝藏和奥秘，需要人类去探索。

科学考察船是海洋探测与研究不可或缺的装备。尽管我们有了"科学一号"，取得了可喜的成果，但它毕竟建造于20世纪80年代初，已经进入暮年。在深化改革开放的大潮中，人们与国际接轨的创新意识日益增加，加之综合国力越来越强，新型现代化的科考船呼之欲出。

2007年伊始，时任海洋研究所所长的孙松，思维开阔、志向远大。他出身于山东莱阳农家，1978年考上山东海洋学院（中国海洋大学前身）生物系，大学毕业后，又考入海洋研究所，沿着硕士、博士、研究员的台阶一路走来，是一位专家型领导者。

孙松深知海洋装备的重要性——海洋所没有远洋考察船，就成了"海军陆战队"。因而，他带领一班人筹划建议，获得批准实施"国家重大基础设施"项目——建造世界级海洋科学综合考察船。梦想照进现实。作为所长的孙松直接靠上抓，从船运大队调来于建军任监造总工程师，老船长隋以勇任总工艺师，开始艰辛而光明的造船征程。

新船由中国船舶工业集团公司第708研究所设计，武昌船舶重工有限责任公司建造。从设计开始，孙松他们就参照英国、挪威等最先进的科考船，结合我国海洋科研工作的实际需要，提出一整套全新的理念和技术指标。具有多年船载实验室经验又当过科考船队大队长的于建军画草图供参考。

2010年，寄托着几代海洋科研人梦想的新船开工了。夜以继日，冬去春来。经过一年多的奋战，2011年11月，新船在武汉下水，命名为"科学"号。

科学技术是第一生产力，这是邓小平同志综合马克思主义关于生产力的理论，根据当代科学技术发展的趋势和现状而提出来的著名论断。用"科学"二字命名中国科学院海洋研究所的考察船，意义非比寻常。让我们来参观一下这艘先进的考察船吧——

船长99.8米、宽17.8米、深8.9米，排水量约4600吨。在12节航速下，续航力15000海里。它是目前世界上首次采用吊舱式电力推进装置，配备了艏侧推、动力定位及综合导航定位系统，在低速状况可完成360度回转的船舶。一次充足给养，可在海上航行作业60天，极大增加了海洋考察的周期。

当然，最重要的是它具有七大船载科学探测与实验系统。包括水体探测、大气探测、海底探测、深海极端环境探测等。装备了高精度星站差分GPS定位系统、全海深多波束测深系统、多道数字地震系统、缆控水下机器人（ROV）、电视抓斗等多种国际先进的探测设备，具备高精度长周期的动力环境、地质环境、生态环境等综合海洋观测调查能力。

在经过一年多的适应性航次之后，"科学"号于2014年4月8日，迎来首航时刻。海洋所副所长、海洋生物学家李超伦任首席科学家，海归博士张鑫任工程技术负责人。它搭载46名科学家和技术人员，以及缆控潜水器"发现"号——这是目前国际上最先进的水下机器人，是"科学"号上的重要装备。

中科院海洋研究所以"专业运行、开放共享"的模式运行管理，使"科学"号成为海洋科研人员的共享平台。几年来，"科学"号如同不知疲倦的奔马，一个航次接一个航次地奔赴深海大洋。在我国南海东海、西太平洋海域进行深度探测与研究，圆满完成深海极端环境调查、大洋环流系统与气候变化、深海生物基因资源及生物多样性等项目的科学考察。

成果丰硕而喜人。"科学"号开启中国新一代海洋科学综合考察船的新篇章，实现海洋科考能力跨越式发展。从此，我国海洋科研能力迈入世界一流方阵……

五

出航20多天了，"科学"号接连避过了"玛莉亚""山神"等台风。利用好转的天气海况，科考队员夜以继日地连续作业，争取尽可能带多一点的样品和数据回去。

这天上午9点多钟，电视抓斗将要提升上来，从监控屏幕上目测，带回来大批生物样品。有关人员摩拳擦掌，整装以待。我也早早穿好工作服戴上安全帽走进现场。

两位技术员正在回收抓斗，旁边几位队员帮助拉绳子——这是用来防止抓斗提上海面摇荡用的。我也赶紧上前相助。抓斗提上了甲板，"哗"的一声，两扇门打开了，连泥带水倒了一地。这片海底是一片黑乎乎的泥沙，里边藏着大量的贻贝、铠甲虾、潜铠虾等生物。研究人员一拥而上，有的拿盆，有的拿桶，兴高采烈地在泥水里翻腾着、寻找着。

尽管由于冷泉区混合着甲烷等气体，发出一股股难闻的腥臭味，可研究人员毫不在意，一个个只管精心地挑选着自己所需要的东西。忽然，年轻的女队员惠敏竟情不自禁地喊了一声："太好了，我爱你！"

我打趣地问："爱什么呢，黑泥吗？""是啊，黑泥里有宝贝。"原来她发现了一只特大的稀有海螺，过去只在专业书上看到过照片，现在见到真品，怎能不欢呼雀跃呢？这些科考队员面对海底来的新奇样品，就像深山药农发现了人参似的，如获至宝。这不正反映出一种对于职业的热爱和追求嘛！

中午吃饭时，手机微信响了，来自各方朋友的数条问候跳了出来：祝你节日快乐！老兵永远不老！啊，原来今天是2018年8月1日，八一建军节到了！一股热流瞬间涌上心头。军人出身的我转业已经20多年，但每到这一天，总还是特别激动和兴奋。没料到，今年的"八一"我是在西太平洋上、在"科学"号上度过的，别有意义。

蓦然想起：今天还是海洋所的"所庆"啊！1950年8月1日，新中国成立不久，中国科学院海洋研究所的前身——青岛海洋生物研究室挂牌成立了，著名科学家童第周、曾呈奎、张玺任正副主任，成员中有后来成为中科院院士的秦蕴珊、刘瑞玉，以及海外归来的毛汉礼、郑守仪等人士。它的成立标志着中国现代海洋科学全面、系统、规模化发展的开端。

种种成就不多说了，仅以科学考察船为例：从两手空空不得不租用渔民的小船、舢板，到有了老船改装的"金星"号、自己建造的"科学一号"，再到今天世界一流雄姿勃发的"科学"号，可以看出我国海洋科研事业的发展，从小到大、百折不挠，从浅蓝走向深蓝，从近海挺进大洋。

当年选择 8 月 1 日建所或许是偶然的，但却存在着必然性。它意味着刚刚从战火硝烟中站起来的新中国，处处需要这样一种敢打必胜的精神和作风，千百年来重陆轻海、有海无防的民族更应该像军队一样，进军海洋，打一场认知海洋、规划海洋的翻身仗！

今天，我们年轻的新一代海洋科学家，冒着烈日高温在大海上团结拼搏、辛苦作业，不就是在用实际行动纪念建所 68 周年嘛！此时，我的耳畔又响起现任所长王凡说的话："我们正在青岛西海岸新区建设大科学中心，整合中科院涉海科研力量，更好地为实施海洋战略、建设海洋强国贡献力量！"

我走上"科学"号考察船前甲板，抬头望向那巍然挺立的"前桅"——普通船只直立的前桅杆用于悬挂桅灯、锚灯和锚球，而此船设计出新，高大的桅杆呈 45° 角前倾，桅顶平台除几种航行灯之外，还加装了海气通量探测设备。它就像一个永远探索未来的先行者，站在那里探身向前，久久遥望着茫茫大海、浩浩蓝天。

如果说南北极是地球两端的第一极地和第二极地、珠穆朗玛峰是最高极地——第三极地的话，那么深深的海底就是世界最深极地——第四极地，而这个极地还少有人类的足迹到达，需要我们的"科学"号、"蛟龙"号以及"潜龙"号等众多海洋重器，劈波斩浪、风雨兼程。

"科学"号在远航！共和国的科学事业在前进……

（原载 2018 年 11 月 7 日《人民日报》，节录自长篇报告文学《耕海探洋》，入选中宣部主题出版重点出版物，荣获第五届泰山文学奖）

霞浦的美丽事业

一

这是哪里啊？是天上人间，还是奇幻仙境？

晚霞映照的海面上，波光粼粼，宁静安详，一排排竹木搭建的渔屋整整齐齐，犹如易经大师布置的八卦阵一般；几条升起风帆的小船从中悠然穿过，恰似翅膀上背着暮色回巢的归雁；远方矗立着的几座小岛沐浴着落日的余晖，在海天的背景上留下了一道道朦胧而美丽的剪影……

此情此景，不由得让人联想起唐代大诗人白居易的诗句："忽闻海上有仙山，山在虚无缥缈间。楼阁玲珑五云起，其中绰约多仙子。"确实，这绮丽动人的景色还真是来自"九霄云外"。不过与神仙玉帝无关，而是航天员景海鹏、刘旺、刘洋带上太空的摄影图片。

哦！经国家特别批准，由我国香港著名摄影家简庆福精心拍摄的一组作品随"神九"上天了，上述即是其中之一，名为《霞浦风光》。随着航天员顺利出舱，向公众一一展示遨游太空的物品，这幅描绘中华大好河山的风景照片迅速传向全世界。闽东霞浦，这个华夏大地的海滨县域也就更为世人所知了。

然而，真正把美丽的霞浦发射到天外的"推手"，是一位名叫郑德雄的霞浦人。他现任中国摄影家协会会员，宁德市文联副主席、霞浦县摄影协会主席。可以说，在他和朋友们发现并大力推介家乡的美景之前，霞浦还只是闽东海边的一个普通穷县，海阔滩多，风雨无常，连家船民蜷缩在小船上四处漂泊……

直到有一天，郑德雄和他那些喜欢摄影的朋友们来了，"杨家有女初长成，养在深闺人未识"的景色，通过照相机的镜头传遍天下，达到了"回眸一笑百媚生，六宫粉黛无颜色"的效果。

由此，人们认识到了这里的自然之美，其独特的滩涂及海岸线，吸引了全国各地的摄影师和游客，趋之若鹜，纷至沓来。霞浦县委、县政府抓住机遇，因势利导，大力推进摄影旅游产业，把自然风光变成了农民脱贫致富的"聚宝盆"。国内外摄影界赞誉这里是"中国最美丽的滩涂""摄影人必去的十大风光摄影胜地之首"，也随之带动了一批影视培训、住宿餐饮，甚至专为摄影旅游服务的新兴产业，与宁德市屏南县一样，走出了一条独特的文化扶贫之路。

二

霞浦，这是一个富有诗意的名字。霞，朝阳或夕照的景观；浦，江河流水入海的地方，合称即为朝霞或晚霞的栖居地。嗬，一派诗情画意，令人心向往之！可是多年以来，这里并不像其名字那般美好。

它地处福建省东北部，台湾海峡西北岸，隶属于宁德地区。按说，这里山海资源十分丰富，适合养殖紫菜、海带、大黄鱼等海产品。生活应该不差。但由于种种原因，老百姓无论是山民还是船民，曾经长期在温饱线上徘徊。

近年来，郑德雄因地制宜，利用霞浦独具特色的山光海景，带领当地群众走出了一条脱贫致富的新路。

他的家乡长春镇大京村，就是霞浦县东南沿海的一个小渔村。这里位于东冲半岛近陆端，属亚热带季风性湿润气候，有一片迷人的大京海滩，沙子雪白雪白的，吸收了阳光的热量，踏上去温而不烫。沿着斜坡慢慢往下走，沙子渐渐潮润，沙地也就坚实起来。

小时候，郑德雄放了学之后，时常跑到这里与小伙伴们戏水玩沙，赶小海挖蛤蜊，听涛声拍岸，看潮涨潮落，对家乡的海充满了热爱。就像一首歌里唱的那样："大海啊大海，是我生活的地方；海风吹，海浪涌，随我漂流四方……"

尤其是夕阳西下的黄昏，晚霞把海面染成了金黄色，远方归航的渔船轻轻驶来，宛如飘摇在亮晶晶的镜子里，使小德雄迷恋不已。记得有一次，他将鞋子埋在沙滩上，做好记号，光着脚爬到海边礁石上铲紫菜，一抬头又看到落日余晖了，竟长久地发起呆来。不知不觉，潮水渐渐涨了上来，有人看见了急得大喊："涨潮了，快跑啊！"

他这才猛然发现大事不好，立即跳入水中往岸上跑去。好不容易"逃"过了海水的追赶，可慌乱之中早忘了沙滩上的记号，那双心爱的球鞋再也找不到了。回到家，让妈妈狠狠数落了一顿。不过，家乡海岸那迷人的风景，却深深地印在他幼小的心扉上。

长大之后，郑德雄爱上了摄影拍照片，跑到霞浦县城里从事商业摄影，每天"啪啪"地按着快门，把爱好与谋生结合在一起，自得其乐。时间一长，看看"作品"大多是"到此一游，朋友留念"之类，他感到不满足了，幼年看海的情景时常浮现在眼前。2002年，他在一些摄影大赛上见到有海滨风光的影像作品，怦然心动：霞浦的海滩别具特色，也可以拍照参加比赛啊！

想到这儿，他兴奋地跳了起来，约上几位志同道合的朋友汤大为、郑忠夫、夏林海，找时间就出去转转，拍摄家乡的风景。他们沿着海岸线徒步行走，翻越一块块礁崖，寻找角度极佳的摄影取景点。老实说，在众多文艺创作中，摄影是个吃苦耐劳的活儿，登高上坡，风里来雨里去，有时还得冒点风险。那回，郑德雄看到一块峭壁位置不错，便想跳上去拍照，不料脚下一滑，"啪"地一下摔了下去。

"完了，完了，德雄、德雄！"

同伴们一阵惊呼，胆小的还闭上了眼睛。可不一会儿，山崖下传来了回音："我在这儿呢，没事……"原来，下边是一片松软的沙滩，郑德雄掉到上边并无大碍，只是滚落过程中擦破了点皮。手中的相机还紧紧抱在怀里没有"受伤"，他爬起来拍拍身上的沙子，又寻找起取景点来。

功夫不负有心人。经过如此漫山遍野扫雷式的寻觅，郑德雄他们把霞浦可以拍到滩涂风光的地点摸了个遍，也拍出了许多独树一帜、风景绝美的好片子。其中，有些让人眼睛一亮：蓝色的海水，金色的沙滩，种海带的竹竿依序林立，满载的渔船停泊在静静的港湾，赶海人背着沉甸甸的鱼篓走在金色沙滩上……

这些作品发表后一炮打响，引起了摄影界的喜爱和关注。2004年度《大众摄影》杂志评选郑德雄为"十佳优秀摄影师"，摄影交流的范围进一步扩大了。一发不可收，他们在国内外摄影大赛摘得一项又一项荣誉。郑德雄的《心中那片海》获得第七届台湾郎静山纪念摄影奖最高奖，何兴水的《海上渔村》获得第47届香港国际摄影展金奖等。

美的感召力是巨大的。从2007年开始，在大家的口耳相传、各大专业杂志竞相推动下，霞浦滩涂被冠以"最美滩涂"的称号。正在扶贫开发、乡村振兴路上奋力前行的霞浦县委、县政府，从中敏感地意识到了"滩涂摄影"，具有打造成国际性旅游品牌的底子，做好了可以成为文化扶贫、旅游兴业的创新项目。于是，他们毅然投资100万，与《中国摄影》《大众摄影》杂志社联合举办了"霞浦：我心中的那片海"摄影艺术大赛，效果极佳，全国各地及海外近万人参赛，一举将霞浦滩涂摄影推上了国际舞台。

用好山海资源，打响文化旅游品牌。霞浦县尝到了甜头，更加积极推进。此后每年都举办国际摄影大赛和摄影文化旅游周活动，组织策划以畬族风情、美丽乡村和传统村落、海洋滩涂等为内容的"全民随手拍"手机摄影大赛，实现文旅搭台经济唱戏、脱贫致富乡村振兴的目标……

三

霞浦影像火了，霞浦人的观念和生活方式也发生了改变。祖祖辈辈辛勤劳作的滩涂，没想到有一天竟然名满天下，家喻户晓，给他们带来了喜出望外的财富收入。

据不完全统计，从2010年开始，前来霞浦滩涂采风、创作的摄影爱好者和观光游客，年均达到了20万人次。霞浦变身为全世界摄影师云集的"最美"之地，每到节假日、周末等拍摄旺季，不少摄影点挤得连三脚架都放不下。

往日默默无闻的小县城，如今遍地旅馆民宿，福宁大道、东吾路、长溪路等城区新路段，酒店一家挨一家，最密地段几十米距离内就有十来家。许多酒店还挂起"摄影创作基地"的牌子，一到黄金周酒店客满，有些摄影驴友只好在车上过夜。

哈，霞浦滩涂摄影声名鹊起，还催生出"导摄"这一新的职业——当地人特别是渔民熟悉环境，为滩涂摄影提供接待服务的商业化模式。他们主要提供机场和车站间的接送、餐饮住宿、往返摄影基地交通，以及摄影辅导等"一条龙"服务。许多世代劳作的村民，就此吃上了"摄影旅游饭"。

王建设，就是这样一名业务娴熟的导摄人。

2018年国庆节期间，凌晨四点半不到，天还没有亮出鱼肚白，他就在霞浦县一家酒店楼下，坐在车里等待约好的客人了。不到十分钟，一些带着三脚架、端着"长枪短炮"的人员集合完毕，在他的带领下奔向海滨景点。

"坐好了，咱们走！"

接上客人，王建设熟练地打着方向盘，朝郊区公路上奔驰。

这天，他的商务车里坐了五位摄影"发烧友"，都是从网上了解到霞浦滩涂，趁着国庆几天小长假，特地坐飞机再转动车，来到这里拍照的。

"怎么样？师傅，现在去能有个好位置吧？"有人问道。

"还行！霞浦什么人多，就是来玩摄影的人多。都是这个点出发，去抢好位置拍照呢！"

土生土长的霞浦三沙人王建设，出生在一户渔民家里，祖祖辈辈风里浪里讨生活。虽说温饱早已解决，可也没有富余的钱供他读书，上完初中就辍学了，跟着长辈出海打鱼捞虾。毕竟时代前进了，王建设从电视上、画报上看到了外面的世界，不愿意复制老辈人的生活，跑到县城打工，后来又学会了开车，成了一名出租车司机。

就在这样东奔西跑的奔波中，他过上了与村里人不一样的日子，隔三岔五地回趟老家渔村，还没到村头就按着喇叭"嘀嘀"地叫，实际上并没谁挡着路，王建设是告诉大家："我开车回来了！"果然，时常引来一些半大孩子出来看热闹，也有一块长大的玩伴投来羡慕的眼光。

然而，不久他再回去就发现没有人稀奇了，村头村尾高坡上海滩上来了一群群外地人，有的胸前挂着照相机，有的肩上扛着铁架子，还有的戴着遮阳帽、支着太阳伞、举着手中的"家伙儿"眯眼瞄着前方。一打听，原来本村周边都开发了摄影点，过去见惯的海滩渔船成了宝贝，村民们纷纷去当引路者、开饭店办民宿，忙着挣钱呢！

王建设是个不安于现状、脑瓜灵活的人，回到县城出租屋，换了身衣服四处打听：如今的霞浦不一样了，全国的风光摄影基地，许多人吃上了摄影饭，形成了"导摄"这一行。他粗粗一合计，比开出租车挣得多，还不那么辛苦劳累，心想：嘿，家乡的海我熟啊！这样的好事我也能干！

第二天，他就跑到一家培训导摄的公司报了名，从摄影知识学起——因为你要带人去拍好照片，自己不能是个外行，什么选景、构图，什么光线、角度，好在有初中的底子，学东西挺快，又有开车的手艺，具备一个好导摄的条件。没几天出了徒，王建设租了一辆车单挑干了起来。

首先，他开车全县"踩点"——呵呵，这可不是那种见钱眼红的"踩"，而是掌握特别火的几条线路、几大景点，熟悉清晨傍晚春花秋月的色彩变幻，到时候能为拍客们说出个"四五六"来。再说，王建设这几年跑出租，迎来送往去车站跑码头，懂得与人打交道，很快就成了小有名气的"王导摄"。

每逢节假日抑或大周末，他们这一行特别忙碌，就像出租车行话一样，有的"扫街"满城转，看到扛着摄影器材的，主动上去介绍情况揽活儿，说通了拉上就走。有的"包团"全套服务，从接站到住宿，再到陪同上摄影点：这儿拍朝霞，那里拍晚照，一两天不歇脚，最后开车送站才算完。

坐下还没把气喘匀，手机铃声又响了，又一拨"包团"来了。越是人家过节，越是他们四脚朝天的日子，不过真应了那句话："累并快乐着。"一名导摄一天的报酬在300元—500元之间，多的有1000多元。不用说，王建设就在多者之列。

几年下来，王建设没有白姓了一回"王"，在业内人眼里，王导摄倒过来叫成了"导摄王"。他不但自己忙得痛快，还带出来几个村里的穷哥们，组建了一个专为摄影人服务的小公司，干得风风火火。

瞧，这已经使霞浦形成了新的文化产业，不少村民群众就靠它扔掉了贫困帽子。风光摄影不仅带来了赏心悦目，还带来了财富和尊严。如果说，霞浦最初的崛起来自摄影家的贡献，霞浦县委、县政府的快速反应能力也值得赞叹。他们抢抓机遇，乘势而上，让霞浦发展走上了"快车道"。

近年，他们先后完成了《霞浦县摄影基地景观规划》《霞浦县摄影旅游发展规划》等编制工作，起到了重要引领作用。一批摄影点和旅游资源得到改造提升。尤其是霞浦三沙光影栈道对外开放，迅速蹿升为网红景点。项目总投资1500万元，栈道总长2.3公里，沿三沙镇古桶村至虞公亭村海岸线而建。设置了"错层摄影平台""渔矶观景台"等大小12个摄影、休闲观光平台，极大地丰富了滨海休闲体验空间和摄影环境，吸引了大量拍客和游人。

开拓者郑德雄，已成为霞浦一张亮丽的艺术名片。十几年来，他矢志不移、呕心沥血，在各级领导和朋友们大力支持下，积极用镜头反映家乡、提升美誉度。他与志同道合的朋友们结合"滩涂与渔耕文化"等活动，举办摄影培训班，进行摄影前期、后期创作指导，组织赛事交流等，使霞浦人和霞浦风光走向了天南地北、海阔天空。

好一个梦幻般的闽东霞浦啊！四季潮汐、山海交融，那奇妙诡谲的滩涂竿影，那人间仙境的海上家园，天光云影变幻莫测，神奇海域色彩斑斓，犹如颗颗璀璨珍珠，镶嵌在广袤的东海之滨。全世界都有滩涂，而霞浦滩涂摄影的兴起，胜在它有制高点。因为滩涂只有在制高点下，它的线条、色块，才能表现得尤为清晰纯美……

（原载 2020 年 7 月 22 日《人民日报》，入选《初心百年——礼敬中国共产党报告文学精选》一书）

永远高翔的"海空雄鹰"

"当时,我紧紧咬住敌机,速度太快了。靠近敌机的瞬间,我有些发蒙,眼看着就要扎进敌机尾部。此刻,我想即使撞上敌机,也要打掉它!我用手同时按住3门火炮按钮,'咚咚咚'一阵齐发!"

"太好了!让它有来无回。"

"对,只是太近了,我从291米一直打到39米,才死命抱住操作杆把飞机拉起来。那时就是准备和敌人拼了,最终打得敌机凌空爆炸,降落后才发现那爆炸的碎片,把我的飞机也崩了51个洞……"

这段对话,来自前不久纪念中国人民解放军海军成立73周年之时。主人公就是50多年前在海南岛上空以劣势装备猛打猛冲,一举击落来犯的当时最先进的美军飞机,荣立一等功的海军航空兵战斗英雄高翔。

好啊！高老以空中拼刺刀精神打赢"椰林空战"的故事，曾在空军某部服役多年的我，早就听说过并且深怀钦佩与敬意。当我得知这位老英雄现已91岁了，就定居在青岛第三军队干部休养所里，且身体健康思维清晰，立时萌发前去拜望采访的心愿。

经过有关方面介绍，我与干休所政委胡逍建立了联系。他是一位典型的鲁西南汉子，朴实热诚，对自己服务的这些老干部充满了感情，十分理解并支持弘扬英雄精神。于是，在第73个"海军节"到来前夕，笔者应约而至。

年轻干练的胡逍政委早已在门前等候，按规定做好了防疫措施之后，引领我走进了老英雄高翔的家门。这是一套建于20世纪90年代的干休所住房，客厅不大，摆放着老式沙发、茶几等简单的家具。墙壁上挂着几个大大小小的镜框，镶嵌着一张张或黑白或彩色的照片：有主人公年轻时登上战鹰的英姿，有他被毛泽东主席、周恩来总理接见的时刻，也有已经发黄的报道当年那场空战的《解放军报》剪报……

这些都无声地述说着曾经的光荣岁月，令人眼睛一亮，肃然起敬。

虽说我临来前已经做过功课，从电视屏幕和互联网上见过高翔老人，但真正面对这位年逾九旬却精神矍铄的前辈，一种激动和敬佩之情还是油然而生。他鬓发稀疏且已全白，穿着一件银白色的毛背心，露出里边鲜红的衣领，映衬着一脸喜庆之色。

当他得知我曾经在空军服役过，倍感亲近，寒暄几句，立即进入了那逝去已久但永难忘怀的时空隧道——

高翔是辽宁盖州市人，生于1931年11月，家贫但由于是独子，得以上了4年半的小学。他原名叫高锡澜，1947年冬，应征报名参加东北民主联军时，感到自己名字不太响亮，想改一改。村里管登记的文书也姓高，看到小伙子挺精神的，就说："你叫高翔吧，高高地飞翔。本来这是我想改的名，你去当兵先让给你用！"

一语成真，这个从黑土地上成长起来的年轻人，真正高高飞翔起来了，后来当上了海军航空兵的飞行员，还成为一名打下敌机的战斗英雄。仿佛冥冥中，名字真正起到了改变命运的作用。

不过，他当时一点儿也没想到会飞上蓝天，只是因为有文化当上了卫生员，跟着部队一路南下，解放全中国。部队组织华南工作团，高翔被抽调来到广州，转业在广东省政府办公厅行政处工作，可他十分留恋部队。1951年的一天，机会来了，一位领导告诉他："高翔你不是想回部队吗，这回空军来招飞行员，你去试试吧！"

"哈，只要让我回部队，干啥都行，能当飞行员更好啊！"招收飞行员最严格的是体检。那一天，参加体检的百十来人，就选上了高翔，真正是百里挑一啊！大家开玩笑说："你是沾了名字的光。"高翔于1951年9月入航校学习，从驾驶初级教练机，到试飞中级教练机，而后终于飞上了喷气式战斗机，毕业后分配到人民空军第17师51团。

这是一支英雄的部队，曾在抗美援朝时期立下过赫赫战功，涌现出许多勇敢无畏的战斗英雄。年轻的高翔没有赶上朝鲜空战，可飞行员这个职业给了他全新的人生，也促成他写就生命中最明亮的华彩篇章。

训练、训练、再训练，1954年，他们部队改编为海军航空兵第4师10团，不断进步的高翔当上了第二大队大队长。

1964年8月，美国制造了震惊世界的"北部湾事件"，扩大侵略越南，并且派出舰机在南海对我国进行挑衅。海航第4师10团受命出征，高翔与战友一起从青岛转场海南岛。

激动人心的时刻发生在1965年9月20日。

那天我做一等战备，飞机准备好了，我正在机舱里待命。政治部主任跑过来对我喊："老高，来了两架小的。"我心说，什么大的小的，来了我照收不误，还不打收条！我即刻与僚机黄凤生紧急起飞。刚上天，我机温度表指零，出现了故障，这可怎么办？向地面报告，肯定让你回去。我看飞机飞行状态良好，没有什么大问题，就没向地面指挥所报告。

　　飞到高空，仪器恢复了正常，果断、冷静的判断让高翔获得了战斗的机会。地面通报敌机是当时最先进的美国F-104C。这种战机小巧玲珑，最大时速达2.2倍音速，最高可升至20000米，携带4枚"响尾蛇"导弹。而我军是歼-6飞机，时速和升力相对较差，武器也只有航炮，在速度、火力和整体性能上，都处于绝对劣势。

　　这仗怎么打？其实敢打必胜、以弱胜强是我军一以贯之的优良传统，无论是陆地、海上，还是空中，凭借大无畏的战斗精神定要让敌人丢盔卸甲。

　　11时19分，敌机往东飞到琼州海峡上空开始转弯。高翔距它还有50多公里，按地面引导指挥，投掉了副油箱打开加力，趁敌机还没有发现之时，迅速切半径追了上去，稳稳地用活动光环套住了敌机。本来1000米就是有效射击距离，可高翔睁大冒火的眼睛，死死咬住敌机，没有开炮。

　　事隔多年，他还是记忆犹新，历历在目，把手猛地向空中一挥，豪情满怀地说："我曾编过一个顺口溜：'论作战要趁高，下狠心向近靠。不到两百不开炮，炮弹开花飞机掉。'我从来没想过要击伤敌机，而是要击落敌机。打不下来，我也把它撞下来。"

　　"咚咚咚……"

据战后档案记录：

11时33分，高翔从敌正后上方距敌机291米开炮，长连射，74米命中敌机，打到39米从敌右上方拉起脱离。由于退出攻击距离过近，我机被敌机爆炸碎片打伤发动机、襟翼、翼刀及机头、机翼蒙皮数处。11时48分，高翔沉着地驾驶负伤飞机，利用单发安全飞返基地。

敌机爆炸前的一瞬间，飞行员——美军上尉菲利普·史密斯跳伞逃命，落地后被我海南岛上的民兵活捉。这是当时美国最先进的F-104C战机，第一次在空战中被击落，消息传出，震惊世界。

高翔荣立一等功。1965年9月27日，海军司令员萧劲光派专机将高翔及作战有功人员接到北京，参加了国庆16周年观礼。10月3日，周恩来总理在人民大会堂接见了大家，高兴地说："你们打得很好，打出了军威，打出了国威！"

10月10日，毛泽东主席也接见了高翔和战友们。

这一战，振奋了中国人民的士气，打击了美军的狂妄。

鉴于海军航空兵第4师10团转战南北，驰骋蓝天，不畏强敌，屡建奇功，涌现出王昆、舒积成、王鸿喜、高翔等一大批战斗英雄。1965年12月29日，中华人民共和国国防部发布命令，授予该团"海空雄鹰团"荣誉称号。

50多年来，"海空雄鹰团"一代又一代官兵牢记强军目标，献身强军实践，继承和发扬"海空雄鹰"精神，不断提升"能打仗、打胜仗"能力，创新战法训法数十套，培养出了以戴明盟为代表的一代航母飞行员，成为名副其实的"海空'王牌'"。

尽管年事已高，但高翔老英雄宝刀未老，精气神不减当年，时常走进学校、军营和机关社区，现身说法进行爱国主义、英雄主义教育。在纪念国防部授予"海空雄鹰团"称号50年、庆祝人民海军和新中国成立70周年等盛大节日之际，他应邀回到老部队、走进中央电视台"老兵你好"栏目，与年轻的飞行员、大学生见面座谈，然后登上新式战机体验了一下。

不管什么年代，也不管用什么样的装备，"空中拼刺刀"的精神不能丢！那就是有我无敌、气壮山河的一股劲头，在这样的战士面前，任何敌人都会是手下败将。这是我们克敌制胜的法宝。

"你对今天的海空卫士有什么寄语？"我问道。

"我羡慕他们，今天我们的国家和军队强大了！我更相信和放心他们，一定能打垮胆敢来犯的一切敌人！"高翔斩钉截铁地说道，声音洪亮，底气十足，一点儿也不像90多岁的老人。

随后，他又补充了一句："当然，我们爱好和平，欢迎所有友好的客人。还是那首歌唱得好：'朋友来了有好酒，豺狼来了迎接它的有猎枪。'"

高老话里有话，其中隐藏着一段有趣的插曲：当年被他击落的美军飞行员菲利普·史密斯，在1972年回国。1989年10月，他作为客人又来到了中国，专门提出一个要求：想见见击落自己的中国飞行员。

这年10月18日，在上海锦江饭店，两位昔日的空中对手见面了，共话当年，感慨万千。史密斯特别问高翔："那天你飞得离我那么近，就不怕相撞同归于尽吗？"

"不怕！我当时就一个心思，就是撞也要把你撞下来！"

史密斯默默地点了点头，若有所思，似乎明白了中国飞行员为什么能够用劣势装备战胜强大的对手了！

时光有时就像一个筛子，会将许许多多的琐碎尘事筛去，留下那些闪闪发光的永恒瞬间。如今，尽管海空雄鹰高翔已经走到人生暮年，身手不那么敏捷了，可那个南海上空刺刀见红的时刻，一直清晰地映现在脑海里。不，可以说是永远定格在一代又一代中国军人心目中……

（原载 2022 年 6 月 20 日《解放军报》）

大义之城

一

"救命啊，快救救我家孩子啊！"

"啊？孩子怎么啦？"

"掉沟里了，看不见了，呜呜……"

"在哪儿、在哪儿？"

2021 年 9 月 14 日下午 5 时 30 分左右，太阳西斜，橘黄色的余晖安详地洒在黄河下游北岸上，突然一阵凄厉的女子哭喊声，打破了这里的宁静。正准备下班回家的齐河刘桥镇青年赵虎，循着求救声迅速跑了过去。

原来，刚才这位妇女带着 3 岁的儿子在街头卖菜，一时没注意，孩子跑到沟边上玩，"砰"的一下，从一个破口中跌进沟里，被湍急的水流冲走了。更要命的是，这是一条暗排水沟，上边铺着一层厚厚的水泥盖板，落水男童眨眼间就没了踪影。

人命关天，刻不容缓。

赵虎从入口处望了望，一片漆黑，担心孩子被冲到远处，一口气向下游跑了20多米，三下五除二，使劲撬开一块水泥板，想都没想就跳了下去。沟里污水很深，没过了他的头顶，又脏又臭，水底下都是淤泥，一不小心就容易陷进去。好在他会游泳，艰难地向前摸索。但里边空气流动性差，不一会儿，赵虎就感到呼吸困难，头晕目眩。救人心切，他咬紧牙关坚持着。

此时，住在刘桥镇上的徐兴清，正巧去接孩子放学路过这里，看到眼前这一幕，二话不说，将自己孩子放在一边，立即从小男孩落水的地方跳了下去，与赵虎两人一个从东向西，一个从西向东双面夹击。水越来越深，没走几步，污水就到了徐兴清的嘴巴处。不会游泳的他接连呛了几口臭水，只好尽力踮起脚尖，仰着脸，在黑暗中寻找男童的身影……

终于，他们在距离落水处七八米的地方找到了尚有气息的孩子。两人合力将孩子托举上岸后，已经没有了任何力气，只能靠别人把自己拉到岸上。赵虎刚上来就一屁股坐到了沟边，大口大口地喘着粗气，而徐兴清则直接躺在了地上，一直躺了好几分钟，却全然不知自己的胳膊、膝盖等部位已被划伤，伤痕道道……

犹如一石激起千层浪。

两位青年见义勇为、奋不顾身救人的感人事迹，迅速传遍黄河两岸、泰山南北。各大报刊网站等新闻媒体以《这就是山东："祥斌精神"再现齐河！两男子"双面夹击"勇救3岁落水儿童》《齐河两小伙儿以身涉险救出三岁男童，大义精神薪火相传》等为题，纷纷予以报道，引来了人们异口同声的赞扬。

尤其值得大书特书的是，这件事发生在十几年前享誉全国的

"感动中国"人物、"舍己救人模范军官孟祥斌"的家乡——山东省德州市齐河县。家住晏城街道桑园赵村的赵虎，距离"祥斌精神教育基地"展厅仅300米，而本是刘桥镇孟店村人的徐兴清，则与孟祥斌更是实打实的同乡。由此可见，两位青年人的大义之举绝非偶然发生的。

三天后——9月17日，《齐鲁晚报·齐鲁壹点》联合阿里巴巴天天正能量授予徐兴清、赵虎"天天正能量特别奖"及10000元奖金。

十天后——9月24日，德州市见义勇为先进分子表彰仪式在齐河县综合治理中心举行，授予赵虎、徐兴清两名同志"德州市见义勇为先进分子"荣誉称号，并分别颁发奖金5000元。省、市、县10余家媒体还联合开展了采访全县综合治理工作。

一个月后——10月23日，我应邀与来自省内外的诸多文朋诗友，参加了"著名作家齐河行——纪录小康工程主题创作活动"，其中一项内容就是参观"三种精神（劳模精神、劳动精神、工匠精神）教育基地"和"孟祥斌烈士纪念馆"。在这里，我又一次看到了英俊威武的部队战友、时代楷模孟祥斌。自然，那是他永远年轻的照片和塑像了。

然而，当我听到刚刚发生的赵虎、徐兴清奋不顾身救助落水儿童的故事之后，眼前仿佛出现了穿越奇迹，当年那个义无反顾跳进冰冷江水的孟祥斌微笑着又回来了。这就是见义勇为、舍己救人的"祥斌精神"的赓续与传承……

时光退回到2007年11月30日，正在浙江金华某部服役的山东齐河人孟祥斌，难得休假，陪着前来探亲的妻子叶庆华和3岁的女儿妍妍去商场。身着便装的孟祥斌抱着孩子，亲昵地说："爸爸给你买双红色的公主靴，然后去吃肯德基，妍妍说好不好？"

"好啊，好啊……"妍妍小手拍得响亮，热乎乎的小嘴巴一个劲儿地往爸爸脸上凑。

叶庆华看着这对聚少离多的父女，笑着帮丈夫掸去肩膀上的灰尘，一家人沉浸在难得的欢聚中。然而，谁也没有料到，不幸有时潜藏在幸福之中。当他们经过市区婺江通济桥的时候，突然听到一阵叫喊声："快来人啊，有人要跳江！"

抬眼一望，他们被桥上的情景惊住了：一名年轻女子不知受到了什么刺激，愤然摔掉手机，跨过护栏跳了下去，在水面上一沉一浮。孟祥斌立即把孩子交给妻子，快步冲向栏杆，一边跑一边甩掉鞋子。叶庆华担心地喊道："祥斌，叫人帮忙啊！"

正路过此地的一位市民大姐也急忙阻拦："这么高，水这么冷，危险，还是叫只船吧！"

只听得孟祥斌回了一声："来不及了！"便从10米高的大桥上纵身一跃，跳进了滔滔江水中。

正值入冬季节，水凉刺骨且湍急，加上下水前没有活动开身体，孟祥斌虽然身强体壮，但也只能勉强拉着落水女子往回游，浸过水的棉衣又湿又重，一会儿就十分吃力了。此时，一只水上摩托艇闻讯匆匆驶来。孟祥斌用尽最后一丝力气，将女青年托出水面，说了声："把她拉上去，我不行了！"

轻生女青年得救了，孟祥斌却瞬间沉入了江底，年仅28岁。

城南桥上，他的妻子叶庆华瘫倒在地上，万万没有想到：心爱的丈夫，就在自己眼前为了一个素不相识的人而丧失了性命。她抱着孩子哭成了泪人："啊……爸爸没有了，爸爸没有了！"

小妍妍提着爸爸脱下的白色旅游鞋，哇哇地哭叫着："爸爸、爸爸……"

一个人感动一座城。

英雄的壮举迅速在社会各界引起强烈反响。婺江之畔、城南桥头，一夜之间摆满了花圈，人们自发通过各种方式哀悼英雄。灯箱商业广告撤掉了，换上了孟祥斌的大幅军装照片和"向英雄孟祥斌致敬"的标语。

当晚，许多金华市民来到英雄救人的地方，冒着寒风为他"烛光守夜"。人们还络绎不绝地去看望孟祥斌的妻子和女儿，自发捐款捐物。听说他们夫妇都没来得及给孩子买鞋去，悄悄给小妍妍送来一双双各种样式的小红鞋。

追悼会那天，200多辆出租车和公交车的司机自发免费接送参加追悼会的人，30000多名群众自发赶到殡仪馆，原定1小时的悼念活动持续了5个多小时。每人手上都攥着一束菊花。这是全市规格最高、最隆重、悼念者最多的一次送别。

当烈士的骨灰在妻子叶庆华和女儿陪伴下、在部队战友和金华市民代表护送下，回到家乡山东齐河县时，同样有30000多名群众自发地矗立在寒风中，在长达5公里的道路两旁迎接英魂……

不断涌现英雄、不断崇敬英雄的民族，才是有希望的民族。孟祥斌三个字呼唤了人们"道德回归"的激情。这一次所表现出来的强烈的集体感动和大众回应，正体现了人们对社会责任感和道德感的热盼。英雄就在我们身边。

孟祥斌救人牺牲后，他所在的部队——第二炮兵（现火箭军）党委、浙江省委、山东省委先后做出向孟祥斌同志学习的号召，并追授他"浙江青年五四奖章""山东省道德模范"。随后，中央军委追授他"舍己救人模范军官"荣誉称号，并且孟祥斌被遴选为"感动中国2007年度十大人物"之一。组委会授予孟祥斌的颁奖词是：

> 风萧萧，江水寒，壮士一去不复返。同样是生命，同
> 样有亲人，他用一次辉煌的陨落，挽回另外一个生命。别

去问值还是不值，生命的价值从来不是用交换体现。他在冰冷的河水中睡去，给我们一个温暖的启示。

花儿谢了又开，叶儿黄了又绿，一晃数度春秋过去了，见义勇为、舍生取义的孟祥斌精神，已经如同雷锋、王杰、欧阳海的名字一样，熠熠生辉，闪耀在共和国的天空上，成为一代又一代人学习的楷模。

在英雄的故乡——山东省齐河县刘桥镇，建立了孟祥斌烈士纪念馆、树起了英雄孟祥斌的铜像，刘桥镇中学命名为"祥斌中学"，规划建设了集教育研学、实践体验于一体的"祥斌精神教育基地"。传承红色基因、弘扬祥斌精神。

如今的齐河涌现出许许多多像孟祥斌一样正能量的英雄模范。前边提到的赵虎和徐兴清两位青年，就是最好的印证。我们来到齐河之后，所见所闻感受最深的就是这四个字：大义齐河。这不仅是全县道德建设的闪光品牌，也是这方土地上人们的品格写照，为平安山东建设和经济社会发展增光添彩。

二

说起来，我对齐河一点儿也不陌生，齐河甚至可以说是我情牵梦萦的第二故乡——早在20世纪80年代初，我父亲许焕新就在齐河任职县委书记兼武装部第一政委，而那时我正在原济南军区空军某部服役，节假日常常前来探亲。

那是一个中国农村大变革的时代，家庭联产承包责任制如同疾风暴雨洗刷了贫穷的阴影。父亲一班人带领全县数十万父老乡亲扬眉吐气搞生产，粮棉连年大丰收，农民平常日子也吃上了白面和猪肉。30多年过去了，至今大家还经常提起我父亲的名字，念念不忘老书记。

时光流逝到了 20 世纪 90 年代中期，我已转业来到山东省作家协会工作，恰逢省委组织部调配干部下放挂职锻炼，又把我分到齐河县委宣传部任副部长，一干就是一年半，成为名副其实的齐河干部了。当时我分管新闻报道和群众文化工作，时常下乡跑基层，曾为这片土地洒下过辛勤的汗水，而这里的水土也滋养了我的人生。

齐河人好、齐河人忠诚仗义，早已深入到我的血脉里……

因了这种情缘，进入新世纪的齐河怎样了？这种"牵挂"时常拨动着我的心弦，犹如远离故土的游子，午夜梦回，往事历历。这方土地一定变化更大了，人们生活会更加美满幸福了。是的，早在 2013 年初夏，我随中国散文学会采风团走进齐河，不用说首次前来的著名作家们，就连我这个曾经的"齐河人"都目不暇接、心旷神怡。

一片片碧绿的树林、一丛丛嫣红的鲜花；一条条宽阔的公路、一幢幢挺拔的楼房。街心广场上，悠闲的人们在散步娱乐；现代庄园里，新型的农民在愉快劳作。当年那个"面朝黄土背朝天"的农业大县，正在向农工科贸一体的现代化城市大踏步迈进。

更为令人激赏的，还是这里的人文内涵和精神文明建设。历届齐河县委县政府一脉相承，大力抓好经济、社会、科学发展的同时，认真总结提炼地域精神，繁荣本县文化，犹如树起一面高高飘扬的旗帜，引领着这里的人们齐心协力、一往无前。

经过一番辛劳而深刻的调研论证，一张亮丽的地域名片、一座高耸的精神地标喷薄而出："时传祥故里、孟祥斌家乡——大义齐河！"

好一个"大义齐河"！

"义"，一看到这个字，正直的人们就会血脉偾张、壮怀激烈。古代先哲孔子最先提出，孟子继而阐述，概括了国人道德良知之大成。正义、道义、信义，义士、义举、义不容辞等，这些名词、动词、形容词，如黄钟大吕、如江河奔腾、摧枯拉朽，震撼人心。

当时接待我们的齐河县委常委、宣传部部长，尽职尽责，不遗余力地宣传倡导"大义齐河"。他说："齐河是出好汉的地方。古往今来，英雄模范人物层出不穷。结合这种文化底蕴和时代精神，我们提出了'大义齐河'的道德建设品牌，目的就是使英雄崇拜、好人现象成为风尚，从而去创造美好的明天。"

而今，他已是德州市委宣传部副部长兼广播电视台台长了，得知作家采风团又来齐河参观体验，专程赶来相见，再续前缘。这位副部长虽说并不是专业作家或学者教授，但擅长总结、归纳、提炼，且写得一手好文章，他把"大义齐河"的理念和意义阐述得通俗易懂、切实可行。

参加采风的作家诗人们深受感染，饶有兴趣地纷纷表示："'大义齐河'提得好！它高度概括了齐河人的精神实质。我们这次来也争取写出有情有义、微言大义的作品来。"

"呵呵，希望借助于各位的大手笔，把我们的'大义'喊得更加响亮、更加深入人心。"

事实上，齐河文脉久远，底蕴深厚，是完全可以高擎起"义"之大旗的。千百年来，黄河从齐河流过、黑陶在齐河出土、晏婴受封于齐河。"一河一陶一贤人"，这是齐河历史文化的写照。近代以来，全国劳模时传祥，爱岗敬业干工作，是忠义的化身；见义勇为孟祥斌，舍生忘死救他人，是仁义的象征……

一代又一代的齐河优秀儿女，继承和发扬古圣先贤和道德模范的大义精神，提炼出"厚德重义、开放包容、务实创新、拼搏争先"的"齐河精神"，打造了以"仁义、忠义、信义、孝义、侠义"为主题的"大义齐河"品牌。而这些内容，恰好与"助人为乐、敬业奉献、诚实守信、孝老爱亲、见义勇为"等道德要求相对应。

时光如流，重情重义的齐河人不断完善品牌建设，相继组织了"大义齐河——最美齐河人"、齐河"双十佳模范"（十佳道德模范和十佳劳动模范）评选活动，推出了《大义齐河道德三字经》和《大义齐河》歌曲，将"大义齐河"精神与新时代文明实践志愿服务活动相结合，充分调动群众参与积极性，形成了"人人崇尚见义勇为、人人支持见义勇为、人人参与见义勇为"的良好氛围。

尤其是"祥斌精神"薪火赓续、砥砺传承，涌现出一大批像孟祥斌这样的英雄模范。他们用行动诠释着"祥斌精神"，前赴后继，继往开来，"大义齐河"，已经成为全县、全市乃至省内外闪亮的地域道德名片。

如此，齐河作为中国第一个打造"大义"品牌的城市，昂首走进了当代史册中。"大义"已经深入全县人民群众的精神骨髓，无数"大义"典型纷纷涌现，好人好事层出不穷……

就在英雄孟祥斌壮烈牺牲、魂归故里一年之后——2009 年 1 月 28 日，在齐河县赵官镇水东村巴公河桥上，再次上演了同样惊天地、泣鬼神的一幕：一名儿童不慎落入巴公河中，路过此地的赵官镇大胡村村民胡军（25 岁）、胡敏敏（22 岁）兄妹二人，毫不犹豫地先后从 4 米高的大桥上跳下去救人。

正值朔风凛冽、冰天雪地之时，巴公河水寒冷彻骨、深不见底，经过一番奋力拼搏，落水儿童得救了，可胡家兄妹俩却献出了自己年轻的生命。而胡军刚刚当了父亲，一对双胞胎儿女还不到三个月；胡敏敏则订婚不久，正在筹办自己幸福的婚礼。

危急关头显精神，英雄青年的高尚品质在瞬间闪光，让这个冰冷的冬天传递出人间的温暖和无疆的大爱。这源于产生无数英模人物的热土，更源于一个伟大的母亲——任现平。她是一位普通的农家妇女，小学文化程度，没有值得骄傲的文凭，没有惊天动地的业绩，但她身上却继承了中华民族传统女性的美德，仁慈厚爱，忠义诚信。

任现平经常告诉孩子，永远要有感恩的心，让他们懂得"百善孝为先""孝亲尊师"这些传统美德、做人准则。"老吾老以及人之老，幼吾幼以及人之幼"，这句话的含义也许任现平并不理解，但十里八乡的人却知道，她是村里有名的孝顺媳妇、好嫂子、好妯娌、大好人。公婆逢人便夸："不知几辈子修来的福，给了俺们这么个好媳妇，比俺亲闺女还亲呐！"

正是受到母亲的影响，胡军兄妹从小就立志做一个自强自立、正直善良和对社会有用的人。学习上，兄妹俩刻苦认真；生活中，两人更是热心帮助同学和他人，年年被评为模范标兵。

两个孩子念及家庭困难，初中毕业后就分别出去打工，自食其力。胡军考取了汽车驾驶证，在煤矿当上了一名司机。胡敏敏在济南金德利快餐店做服务员，虚心好学做面点，还参加了历下区的面点师竞赛，获得三等奖，憧憬着自己开一家快餐店贴补家用。

胡军兄妹虽然都是平凡的孩子，但他们在任现平的影响下，短暂的生命焕发出永恒的光辉。当兄妹救人遇难的噩耗传来时，任现平一下子晕了过去，很久都接受不了这个现实。那段煎熬的日子里，每天晚上她都不让关大门，说俩孩子还没走远，要等着他们回家……

但深明大义的任现平没有倒下，她强忍着心中的悲痛，每一天清晨她又坚强地站起来，继续照顾病榻上的公婆，关心、宽慰整天以泪洗面的儿媳。她这样对众人说："自古忠孝不能两全，俩孩子是为救人牺牲的，他们死得光荣，我为有这样的好儿女而骄傲！"

无独有偶。2013年3月12日下午3时左右，一辆由临清开往济南的客车，经过长途跋涉，来到了齐河县华店乡。即将到达目的地了，加之午后乘车，旅客们大都昏昏欲睡。突然，意外发生了，由于机械故障，司机来不及处理，"轰"地一下翻入路旁 7 米深的水沟里。

当时，沟内水深约有两米，浑浊的水流立即从关闭不紧的门窗里涌进车内，车上的 9 名乘客毫无防备，一下子陷入束手无策之中，生命危在旦夕。好在是大白天，路上有不少行人看到了这一幕，立刻大喊起来："翻车了，救人啊！"

正在附近的齐河县华店乡的村民郭勇、王明利振臂一呼，"呼啦啦"拥来了 12 个人，迅速跑到现场，义无反顾地跳入冰冷刺骨的水中，奋力砸开车窗，将乘客一个个接出车外，拉到沟岸上，仅用了 10 分钟，就将落水乘客全部成功搭救。当救护车接到报警电话奔驰而来时，这些救人者却悄然离开了。

中央电视台记者听说了这件事，专门赶来采访报道。这年 3 月 29 日，央视新闻联播节目播出了"齐河县华店乡郭庄村村民郭勇等 12 人勇救落水乘客"的事迹，评论说："齐河村民救起落水乘客，在别人的危难关头，你一伸手，便是春天；做好事并不难，更不孤单。"

面对中央电视台记者的话筒，朴实憨厚的郭勇说："遇上这样的事，咱跳下去救人是应该的，每个齐河人都会这样做。"

三

见义勇为的英雄孟祥斌远去了，可他的名字和精神，与天地永恒，与日月同辉……

2012 年 7 月 4 日，齐河县孟祥斌烈士纪念馆收到一幅硕大的十字绣，上面绣有"恩人故里，大义齐河"八个大字，落款为"李小月"。

这是谁呢？她，就是当年在浙江金华被孟祥斌舍生搭救的女孩。

一份特殊的礼物，再次牵引人们的目光，回到5年前的婺江桥头，回到未曾露面的因失恋轻生的李小月身上。通过笔者一番走访，也揭开了孟祥斌妻子叶庆华与李小月几年来相互鼓励、感人至深的一幕幕。

2007年11月30日的英雄壮举，在全国掀起了学习、宣传孟祥斌的热潮。面对强大的舆论压力，万分愧疚的李小月只能选择秘不露面。当得知救命恩人的家属住在锦华园时，她在亲属的陪伴下悄悄赶了过来。见到叶庆华后，一行三人跪倒在地上，泣不成声。

李小月哭着说："我对不起你呀，是我害了你的丈夫。"

叶庆华泪流满面，却大度地说："你们都起来吧，我的丈夫是军人，他应该这样做！你还年轻，要珍惜生命，只要你以后能好好地活着，就是对他最好的回报！"

从那以后，叶庆华经常与李小月电话联系，还抽暇前去看望，给她送去鼓励和安慰。时间长了，李小月慢慢走出了心理阴影，她也常去看望叶庆华母女，与叶庆华成为无话不谈的朋友。2008年底，叶庆华告诉李小月，在孟祥斌的家乡山东省齐河县，又出现了胡军、胡敏敏兄妹跳水救人而牺牲的感人事例。李小月被英雄家乡的凛然大义所深深感动。

自此，叶庆华经常告诉李小月齐河县新涌现的好人好事：80多岁的张光城17年义务送学，普通保安王成29年如一日地照顾孤寡老人，12名村民勇救落水乘客登上央视新闻联播……

李小月打开了网络，她看到在山东省，"大义齐河"已经成为闻名远近的道德品牌，受全省表彰的就有数十人。

一件件好人好事、一幕幕救人场景，"大义齐河"在李小月心中变成一个英雄引领风尚、好人层出不穷的重情尚义之地。2012年春节刚过，她想起祥斌大哥去世5周年了，拿定主意通过一种特殊方式，表达对英雄和英雄家乡的感激与崇敬。

心灵手巧的江南女，刺绣是她的强项。于是，李小月便利用两个月时间，一针一线精心绣下了"恩人故里，大义齐河"的十字绣作品，寄到了英雄孟祥斌的故里。

如今，这幅精致的绣品陈列在孟祥斌纪念厅，以其背后的故事感染激励着一位位参观者。

事实上，叶庆华一直没有与孟祥斌"分开"。

丈夫牺牲的最初日子里，她晚上根本无法入眠，白天又不能在女儿面前流泪，只能在夜里暗暗哭泣。

好在有各级组织和亲友的温暖关怀，还有无数认识与不认识的人士的安慰帮助，使叶庆华从失去亲人的痛苦中清醒过来，默默做出了一个重要决定：君已许国，吾将用余生与君一起许国。我要延续祥斌的大爱之情，替夫行义，为夫报国，将爱之接力进行到底……

部队党委经过研究决定，破格招收叶庆华入伍，这样就使她具有了军嫂和军人的双重身份，部队成了她最温暖的家，给予了她坚强的力量。每当听到官兵们亲切地叫她"嫂子"，叶庆华心里总会淌过一股股春天般的暖流。

山东齐河县刘桥镇小学、中学是孟祥斌的母校，他生前曾和叶庆华到母校走访，看到母校图书室藏书十分有限，学生们的精神食粮比较匮乏，就说一定要给母校建一个像模像样的图书室。

人走情未了。叶庆华拿出社会为她捐赠的钱款给了孟祥斌母校，希望两所学校各建一个图书室，实现丈夫未了的愿望。年初开学，两所学校组织全体师生举行了一个隆重的"祥斌书屋"揭牌仪式，鼓励学生一定要勤奋学习，以最好的成绩告慰英灵。

孟祥斌生前是刘桥乡敬老院的常客，每次回家探亲总忘不了给老人们捎点土特产。结婚后，他还带着妻子叶庆华去过敬老院两次。那年年底，老人们听说祥斌为救人壮烈牺牲了，一个个哭成了泪人。

老人们的情意，让叶庆华感动。2010年秋天，她在济南参加完山东新闻人物特别奖颁奖仪式后，特意回到孟祥斌的老家齐河刘桥乡，将丈夫最后一个月的工资和奖金捐给了敬老院，表示以后她会像祥斌一样时常挂念着老人们。

丈夫走后，叶庆华到山东老家的次数更多了，只要有时间她就会想到去看看公公婆婆。以前由于丈夫部队工作忙，他们结婚5年只回去过3次，而自从丈夫走后半年里，她到山东老家就有4次。她说："为了让老人不感到孤单，我应该比祥斌在的时候多尽份孝心。"

这些年里，即便是在最艰难的日子，叶庆华都不曾在女儿的面前哭过。她对亲友们说："我总是希望能把最阳光的一面展现给女儿，这样孩子才会更加坚强！"

起初，女儿诗妍还小，并不知道爸爸牺牲意味着什么。那时叶庆华告诉女儿，爸爸去了很远的地方工作了。直到女儿上了小学二年级，再也瞒不住了，叶庆华才第一次带着她去了爸爸的墓地。

叶庆华还记得，小学三年级的一篇作文里，小诗妍用稚嫩的文字写了这么一段话：爸爸，中秋节到了，你在天堂过中秋，我做梦梦见你的大手拉着我的小手。其实我知道，太阳升起的地方，就是有你的地方。

女儿逐渐长大了，可她不喜欢别人在看望她的时候说："你爸爸是个英雄。"这并不是因为她不认可父亲的行为，而是因为她太渴望父爱了。有段时间她在作文里面就这样写道："不是我不想提起我的爸爸，而是我只想把他藏在内心的最深处！"

2017年，在孟祥斌救人牺牲十周年前夕，叶庆华思亲之情日益强烈，带着女儿从外地调回金华市定居，这样可以离丈夫近一点，也可以常到婺江桥头看望、祭奠孟祥斌跳江救人的塑像。她说："这座城就像我和女儿的港湾，我住下就不想走了！"

而女儿孟诗妍已上初二，转学到金华，课业压力很大。学校里的领导、老师和同学们都非常关心她，使她进步很快。诗妍的理想是长大以后做一名军校的老师，因为她爸爸是解放军，妈妈是教师，她想把爸爸妈妈的职业合在一起。

自从丈夫舍身一跳离去后，叶庆华最大的心愿就是抚养好女儿，虽然过去一段时间经历过不少艰难和波折，可是她相信，有这么多爱心人士的陪伴和支持，她对未来充满了信心。另外，就是传承着孟祥斌的大义之举和大爱之心——

时光飞逝，岁月如流，这些年很少有人知道这位烈士的妻子是怎么挺过来的。直到一位志愿者揭开谜底：叶庆华在做好本职工作、抚育女儿孝敬双亲的同时，一直在默默帮助革命战争中牺牲的烈士寻亲。

有一次，她看到一条消息——《请求转发！为400多位志愿军烈士"寻亲"》，并附有烈士登记册。这些名单中，还有一些家人一直在思念，在找寻。

叶庆华把这些志愿军烈士的登记册信息逐一对照，发现了其中一名东阳籍烈士李介民——1950年10月23日，他牺牲于黄海道长丰郡江上面紫霞里问安洞，父亲叫李银宝。

她采取种种方式转发、寻访，在当地一位老兵志愿者的联系下，很快找到了李介民烈士的家人。原来李介民本名叫李金民，父母早已经不在了。兄弟姐妹中，只有一位年老的弟弟还健在，得知哥哥的消息，他激动得老泪纵横。

时至今日，叶庆华已先后为100多位烈士（其中包含26位抗美援朝烈士）找到了回"家"的路。在接受记者专访时，她深情地说："作为烈士家属，我比谁都懂得'家'的意义，更能理解这些失去亲人音信的家属的渴望。我愿意做提灯者，照亮他们回家的路……"

四

榜样的力量是无穷的。

在齐河县委、县政府强有力的引导下，全县把公民道德建设纳入科学发展考评体系，下发精神文明建设年度工作要点，形成鲜明的价值导向、工作导向、考核导向；强化办大事、实事的力度，开展"创先争优""下基层，大走访"等活动，以好党风带动好民风。

与此同时，县财政投入1亿多元，建设时传祥纪念馆、孟祥斌纪念厅，并创作了现代京剧《时传祥》、电影《黄河儿女》和《孟祥斌》等文艺作品，让大义典型深入人心，可感可学。在具体做法上，他们不但总结归纳出"大义齐河"的核心内容，还以有形机制进行道德建设，探索"评—宣—奖—学"工作法。每年组织好人海选直推活动，逐步建起先进典型库，收录各类英模和典型人物。对选出的先进典型强化宣传，开展进社区、进学校、进工厂等"六进"活动，扩大"大义"效应。

建立见义勇为基金，对数十名见义勇为模范进行抚恤、奖励。连续十年开展好婆媳、好家庭、好村镇评选活动，文明标兵、文明窗口、文明单位争创活动，志愿者服务活动等，先后有20万人参与无偿献血、扶贫帮困等公益活动，自发成立了"齐河义工部落""绿蚂蚁行动队"等10个志愿者组织。打造"大义齐河"道德文化品牌，树立的是仗义、信义、忠义、侠义和孝义。种种大义之美，内化为干部群众追求崇德向善，外化为越来越多人的自觉行动。远的不去多说了，只以近两年的事例为证：

2019年3月25日上午，正值齐河县刘桥镇大集，上午9点30分左右，一辆自东向西而来的电动三轮车，载着一对年近花甲的老夫妇行驶到超市门前，不知为何发生了口角，其中一位匆匆从车上跳下来，直奔近在几米之外的赵牛河。

开车的那位老大爷感觉不对，立即大喊："有人要跳河，救人啊！"

刘桥村西头开着一家祥瑞五金土产农资超市，老板李勇就是当地人，正在店里接待客户，听到呼喊声，即刻丢下手里的东西跑到河边，甩掉外套，"砰"地一下跳进赵牛河救人。

正值春灌时期，赵牛河又刚刚清淤，水面有六七十米宽，水深达4米多，李勇顶着彻骨的寒意朝落水者游去。此时落水者已被冲到离岸十多米的地方，头部浸在水中，水面上只露出下身，并且已经呛水了，不停地冒着水泡。

李勇咬着牙奋力游到她身边，一把将其翻了过来，发现她的脸色已经苍白，便赶紧一只手划着水，一只手拉着她向岸边游去。突然，落水者本能反应，伸手猛地抓住了李勇，两人同时开始下沉，情况十分危急。

加之水流湍急，把他们冲到了闸门附近。说时迟那时快，李勇看准闸门边的石头缝，一把抠住了，而后定了定神喘了口气，一点一点地将落水者推到了岸边。最后在赶来的众人协助下，将她拖上了岸。

上岸后，大家把她俯卧放在一块大石头上，不断地捶背控水，直到听到她"哇"的一声哭出声来，李勇才甩甩身上的水，捡起岸边的衣服，悄无声息地离开了现场。

当闻讯赶来的县融媒体记者，千方百计找到李勇采访时，他感叹地说："这不算什么，谁碰上都会这样做的。我和孟祥斌不仅是一个村的，还是发小……"

这个刘桥村正是"舍己救人模范军官孟祥斌"的家乡，李勇从小是与孟祥斌一起长大的少年伙伴，感情很深。虽说十几年过去了，孟祥斌身影一直不曾离去，他的精神深深地烙在了一代又一代刘桥人、齐河人的心中。

2020年7月12日，一段见义勇为、火场救人的微信视频在齐河引起了极大轰动。

视频里的画面反映的是：前一天——7月11日下午，县城齐晏大街倪伦河桥上浓烟滚滚，一辆机动三轮车发生了侧翻，油箱破裂流出了汽油，电瓶发生漏电，瞬间燃起了熊熊大火，更令人揪心的是驾驶三轮车的老人摔伤后流了很多血，倒在地上无法动弹。

就在这危急关头，一名身穿行政执法制服的小伙子挺身而出，不顾可能发生爆炸的危险，大步飞奔而来，用尽全力把老人背到了安全的地方，又迅速用手机拨通120电话，而后从路边车里拿出一台灭火器，跑过去"哗哗"地扑灭了火焰。

身手十分矫健，一系列动作也很娴熟专业，这是谁啊？人们在微信里纷纷转发视频，留言点赞。县城圈子毕竟不大，很快就有人认出了视频里的小伙子。他叫焦令霄，是一名"90后"的转业军人，现任齐河县综合行政执法局办公室主任。

原来，那天正是周末，焦令霄在单位加班，结束工作后开车回家，经过齐晏大街时，远远就发现浓烟滚滚，急忙加速过去一看，眼前一幕让他倒吸一口凉气：倒在地上的老人头破血流，身旁的火势越来越大。

没有时间多想，焦令霄立即将车停在路边，下车一个箭步冲了上去，想背起老人赶快跑，不料老人一阵"哎哟"叫疼，原来腿部可能摔骨折了。小焦就让老人抱着自己肩膀，用双手用力托着老人，一步一步地将其转移到周围安全区域。

随后，他拨打了 120 电话，又抓紧帮助灭了火。不一会儿，救护车鸣着警笛开来了，小焦不放心，跟随着一起来到医院。当了解到经过检查抢救，老人身体状况基本稳定时，他这才松了口气，感觉后背，已经被汗水湿透了。

老人家属闻讯赶到，焦令霄没有同他们见面，也没有留下联系方式，而是选择了默默离开。回到家，他也没跟家人说起此事，可救人的过程被路人录下了视频，传到了朋友圈和齐河群。

这件事很快便传到单位里，局领导和同事纷纷竖起大拇指。焦令霄却谦虚地说："在部队里当兵救人是常态，退伍后回到家乡大义齐河，传承'祥斌精神'见义勇为，更是一种责任。说实话当时真没多想，什么也来不及想，就是一心想着救人。"

这就是齐河人！

当然，还有本文开篇所讲述的 2021 年 9 月 14 日，齐河两青年赵虎、徐兴清"双面夹击"下水道、勇救 3 岁落水儿童的动人事迹……

舍生取义，义在利先。这是传统的齐鲁文化、儒家学说的至理名言，也是汇入博大精深的中华文化的主流内容之一。

随着"著名作家齐河行——纪录小康工程主题创作活动"的深入进行，我对这片土地上的父老乡亲愈加崇敬，我为我的父亲作为曾经的"老书记"，为齐河县的繁荣进步付出过心血汗水，并且得到众人的拥戴而感到无比的自豪。

虽说在 20 世纪 80 年代，还没有出现舍己救人的孟祥斌，但真诚朴实、崇尚大义的民族基因是一脉相承的。一方水土养一方人。英雄正是在这里茁壮成长起来。同时，孟祥斌烈士又把这种见义勇为、舍生取义的精神传承下去，给当地的道德文化建设和经济社会发展带来无尽的活力。

我认为，这正是"小康工程"的精髓所在。

如今的齐河，富饶美好，政通人和，是全国生态文明先进县、全国社会主义新农村建设示范县、全国农田水利基本建设先进县、全省双拥模范县，还是中国新能源汽车制造城、新兴产业装备制造城、山东省经济欠发达地区唯一上榜的全国百强县。

我们每到一处——从黄河国际生态城、文化博物馆群，到美丽乡村示范村，无不欢欣鼓舞，心旷神怡。尤其令人欣慰的是：一些重点项目落户齐河，正是看中了重情讲义的人文传统。齐河因大义而受益。

其中，蓬莱八仙过海旅游公司董事长李海峰，当初就是在外出考察中，路过齐河，发现当地民风淳朴，有情有义，遂确定在此建设文旅项目。果然，他们得到了县委、县政府和人民群众的大力支持，后又连续追加投资，相继建设了泉城海洋极地世界、泉城欧乐堡梦幻世界和集古生物化石博物馆、书画艺术馆、根雕珍宝博物馆等为一体的黄河文化博物馆群。

中央电视台前来拍摄报道时，记者曾问及原因，李海峰董事长简而言之："这里人好！风气好！"

瞧，义与利是紧密联系在一起的。灿烂的精神之花，必将结出丰硕的经济之果。用老百姓的话说：好人自有好报。新时代的齐河日新月异、高歌猛进，已成为黄河之畔一颗晶莹璀璨的明珠。

就在我们前来采风前夕——2021年10月14日，2020年联合国生物多样性大会生态文明论坛在昆明召开，齐河县荣获第五批国家生态文明建设示范区称号，再添一张"国"字号名片。年富力强的县委书记孙修炜刚刚参加表彰授牌活动，载誉归来。他真诚表示："齐河文化底蕴深厚，是一座人文厚重、开放包容的魅力之城。希望大家多走一走、看一看，全方位领略齐河美景、深层次了解齐河发展，为我们再创佳绩加油助阵。"

几天来，通过一番深入了解和走访体验，参加采风的作家们深以为然。

上风上水上齐河，见仁见智见情义。

齐河，一座大义之城！

即将离开这片热土了，我们又一次来到了黄河大堤上，边走边看，蓦然感到这九曲回旋、奔腾不息的河流，好似在中华大地上书写了一个荡气回肠、气贯长虹的"义"字！遒劲有力，源远流长，这正是齐鲁人的品格，也是中华儿女的魂魄……

（原载 2022 年《山东文学》增刊，荣获山东省见义勇为文学作品征文大赛一等奖）

天下"和为贵"

一

胜日寻芳泗水滨，无边光景一时新。
等闲识得东风面，万紫千红总是春。

一首由宋代理学家朱熹挥毫写下的诗句，描绘了盛春时节河边踏青的情景，春风送暖，百花盛开，蕴含着尘世中追求圣人之道的美好愿望。诗中所写之泗水，距离人文圣地曲阜很近，均属山东济宁所辖的县市。

公元 2023 年 4 月下旬，正是一年春好处，恰逢众志成城平复新冠疫情之时，三年难以正常出行的人们扬眉吐气，纷至沓来。尤其面临疫后第一个"五一"小长假，在意外而又在情理之中爆红的

"淄博烧烤"的带动下，"好客山东，畅游齐鲁"再次涌动热潮。

享誉四方的儒家学说发源地、圣人孔子的家乡曲阜，同样迎来了朝圣般的游览高峰。车来人往，摩肩接踵，一队队打着小旗的旅游团队笑逐颜开，一辆辆挂有各地牌照的大小车辆欢声不断，好一派太平盛世、和谐社会景象。

当然，大千世界芸芸众生，个别地方也会传出一两声杂音，关键就看如何对待了。

这一天，孔庙孔府孔林（三孔）旅游景区的南面，正对孔庙，门额上题有清乾隆皇帝御笔的"万仞宫墙"不远处，忽然响起一阵不合时宜的争吵声，引起周围人们频频侧目——

"哎，你会开车吗？找死啊？！"

"我打着转向灯，看不见吗？眼瞎啊！"

"你小子怎么说话啊？小心我抽你！"

"哟嗬，看能的你。走，找个地方练练……"

一言不合，越说越上火，当事者瞬间"脸红脖子粗"。

原来，这是两位自驾车前来游览的外地游人，可能由于不熟悉路况，跑着跑着，一方突然转弯，差点撞上另一方直行车辆，车内孩子吓得哭了起来。气得后车人怒不可遏，追上去逼停了前车，打开车门怒斥起来。不料对方也不是省油的灯，听着话音不顺耳，也来了气，跳下车怼了回去。

各不相让，双方纷纷出言不逊，甚而口带脏字互相推搡，眼看一场小小纠纷即将升级成斗殴。旁边有人打了110报警电话，不一会儿，随着"呜哇呜哇"的警笛声响，一辆警车闪着警灯驶来了。

"警察同志，你听我说……"

"你别恶人先告状，听我说……"

"别着急，都先消消气，一个一个慢慢讲。"

很快，出勤民警弄清了原委，分别劝慰道："旅游嘛，要高兴，为了一点小事闹心不值得。转弯让直行，这是规则，错了就要承认。你呢，也别得理不饶人，有话好好说。好了，咱们老祖宗讲究'和为贵'，没出事就别计较了，交个朋友吧！"

有理有情，两位自驾旅游者渐渐冷静下来，心有愧疚。一方表示："是我没看清路标，转得太急了，见谅见谅！"另一方也不好意思了："我一时上火，别往心里去啊！"一场雷鸣电闪，转眼风平浪静，两人握手言和了。

一声"和为贵"，世人得安宁。

恰巧，此时我们来到了圣人之乡曲阜，分别走访了九龙山下武家村、鲁城街道龙虎社区、阙里社区和公安局东关派出所，实地参观采风，与当地村民和基层干部交谈，心胸就像洒满了明媚的春光，一片风和日丽、鸟语花香。

其中最为引人入胜的，还是那句两千多年前传来的"和为贵"。它体现了中华文化的智慧、理念与崇高愿景，为人与自然、人与社会、人与人之间和谐相处、睦邻友好奠定了坚实基础。这在武家村老支书武波，鲁城街道龙虎社区党委书记、居委会主任许东等人的讲述中，感受至深。

作为孔子故里和儒家文化发祥地，近年来，济宁在全市范围内着力打造"和为贵"社会治理品牌，建立"和为贵"矛盾调处服务中心，推动德治、法治、自治有机融入基层社会治理，把各种纠纷解决在群众家门口，探索出一条"以礼让人、以德教人、德法融合"的新路子。

本文开篇再现的那场烟消云散的纠纷，就是我听到的一个刚刚发生的"和为贵"的小故事。由此可见，这个基层社会治理品牌已经深入人心，成为人们的自觉行动，并且取得了显而易见的成效。

几年来，全市总共建成"和为贵"矛盾调处服务中心和调解室4711个，实现市县乡村四级全覆盖，其中医疗纠纷、劳动争议等重点领域的行业性"和为贵"调解室273个，年均调解案件两万余件，调解成功率达98.5%以上，基本实现小事不出村居、大事不出镇街。

为此，他们还设立了市委市政府领导公开接访制度，直面群众，和颜悦色且对症下药解决矛盾纠纷。这天上午，当时的济宁市委书记、市人大常委会主任来到市"和为贵"矛盾调处中心，热情接待了18位群众，耐心倾听他们的问题诉求，一一给予合情合理的答复。并且，他强调在迎接习近平总书记视察济宁十周年、倡导发扬优秀传统文化之际，要进一步擦亮"和为贵"品牌，一切为群众着想，营造一个心齐气顺、政通人和的良好氛围。

如今在济宁广阔的社区和农村，有矛盾到"和为贵"服务中心"拉拉呱、评评理"成了居民们的首先选择。"和为贵"服务中心和调解室墙上的一张张微笑握手的照片，记录下一个个言归于好的瞬间。

事实上，人民调解是一项具有中国特色和深厚民族文化传统内涵的法律制度，是我国人民独创的化解矛盾、消除纷争的非诉讼纠纷解决方式。它被国际社会誉为"东方经验""东方之花"。沐浴在"和为贵"阳光春雨下，这束"东方之花"盛开得更加艳丽芬芳了。

好啊！这引起了我浓厚的兴趣，如同古人"胜日寻芳泗水滨，无边光景一时新"似的，兴致勃勃去探寻其间的来龙去脉……

二

十年前的2013年11月26日，历史聚焦在古代思想家孔子故里——山东济宁曲阜。

这一天，习近平总书记来到这里考察，发表了重要讲话，强调：一个国家、一个民族的强盛，总是以文化兴盛为支撑的，中华民族伟大复兴需要以中华文化发展繁荣为条件。对历史文化特别是先人传承下来的道德规范，要坚持古为今用、推陈出新，有鉴别地加以对待，有扬弃地予以继承。

春风化雨，点滴入土。

儒家文化发源地的人们"近水楼台先得月，向阳花木易为春"，立即思考并付诸行动。如何秉承中华传统文化的智慧之光，守护好中华民族的精神血脉？如何在推进国家治理体系和治理能力现代化进程中，实现传统文化与现代社会的有效对接？也就是说如何转化，怎样创新？济宁人在这些方面做了积极的探索和践行。

毋庸讳言，一个时期以来，由于种种原因，有些地方在发展经济追求致富的过程中，人文道德建设成为薄弱环节，出现了邻里不和、婆媳吵闹、动不动就拳脚相加等现象，小纠纷酿成大矛盾，以至于发生了一些不应该发生的事件。

那句形容风气不好的老话"人心不古，世风日下"，就是指丢弃了祖先的某些优良传统。早年，据说联合国曾组织70多位诺贝尔奖获得者，研究世界各国得出结论：人类要想获得发展和幸福，需要回到2500年前，在中华文化的经典当中找到方法！在中国的孔子那里寻求智慧！

于是，将传统文化与现代文明有机融合在一起，搞好"家风、村风"道德建设和综合治理，就在孔孟之乡——济宁曲阜率先开始了。

武家村，隶属济宁曲阜市小雪街道，建村于洪武十三年（1380年），地处九龙山怀抱，白马河源头，村里人口达2300多人，多为武姓。村党支部书记名叫武波，看上去人高马大，实则心细如发，为人善良，赢得了村民诚心拥戴。

一天，有位年逾七旬的老人找他来了："武支书，我得上法院打官司，给你说一声。"

"这是为了啥？"武波闻言一惊，村里多年没有闹什么矛盾了，怎么他要去打官司呢？

"我养了一群鸡，刚才邻居过来非要抱走一只母鸡，说是他的。我不让抱，吵了起来，还差点动了手。"

哦，武波想了一下，这点事不值当去告状，影响不好，就说："你别打官司了，我给你两只鸡作补偿吧。"

谁知，他把头摇成了拨浪鼓："我哪能要你的鸡呢？再说也不是为了这点东西。我快八十了，不能背个偷鸡的恶名。"

此言一出，武波完全理解，但感到告状不可取，何况就算告赢了，两家也伤了和气，结下了梁子，不利于文明村建设。可母鸡身上没有记号，都说是自己的，怎么辨别呢？想来想去，灵光一闪，他有了主意，说出来也让老人点头称是。

吃过晌午饭，武波叫上几名村民见证，召集闹意见的两户人家，宣布了处理规则：在距离两家100步的地方画一个圈，把那只有争议的母鸡放在里边，让它自己跑，跑到谁家就是谁的。这个法子不错，大家都同意。

果然，抱鸡人一撒手，早已惊慌不已的它，扑棱着翅膀连飞带颠地向一个院落跑去。当事人一见，心服口服，再也不争了。武波支书笑着说："瞧瞧，鸡不会说话，可认路啊！你们都不是故意找事的，只是一时没看清。好了，没事了！"

无形中，将一场官司消解于萌芽状态，两家笑着握了手，日后还是好邻居。此事给了武波极大启发：村民们虽说不是一个姓，可低头不见抬头见，有了矛盾尽可能大事化小、小事化了，不激化不结疙瘩，日子才能过得和和美美。

此后，武波支书在带领大家发展经济、脱贫致富的同时，甘愿做一个"和事佬"。谁家因为宅基地、林果木，或兄弟妯娌之间起了纷争，他往往及时赶到现场，走东串西，有时入户调解，有时请到村委会谈心，让当事人第一时间"多云转晴"。

几度寒暑过去了，武家村调解成功率达到了百分之百，实现了零纠纷、零上访。有人问武波有什么经验？他说："做调解，关键是要一碗水端平。人心里都有杆秤，只有公平公正了，大家才会信服。"

这种做法和效果迅速传遍四里八乡，引起了曲阜市司法局、信访办等单位关注。长期以来，社会家庭中的一些鸡毛蒜皮的小矛盾，如果单纯靠法律手段解决，难免撕破脸皮，导致"案结事不了，邻里成世仇"，而和风细雨化解纠纷，则是社会综合治理治标又治本的一剂良方。

一次会议上，有关部门的汇报得到了曲阜市委领导同志的高度重视：孔孟思想中就有"和为贵"的理念，完全可以运用到当今社会综合治理工作中。

和为贵，是儒家倡导的道德实践原则，原文出自《论语·学而》："礼之用，和为贵。先王之道，斯为美。"意思是礼的作用，贵在能够和顺。按照礼来处理一切事情，人和人之间的各种关系就能够调解适当、恰到好处。

此乃中华优秀文化的重要特色之一。不仅儒家，传统文化中的其他流派，如佛、道、墨诸家，也都主张人与人之间、族群与族群之间的"和"。佛教反对杀生，道家倡导"不争"，墨家主张"兼爱"，尤为反对战争。这些就构成了我们"和"文化的内涵。

"和"，是宇宙自然和社会人生发生的规律、存在的常态、功能的佳境。类似的古训很多：诸如"和气生财、和气致祥、和衷共济、和睦相处"，等等。两千多年来，"和文化"对国家的统一、民族的团结、经济的发展、社会的安定、文明风尚的养成，起到了重要的促进作用。直到今天，贯穿其中的人文精神和自强不息、积极进取的价值取向，仍是综合国力的重要源泉。

具体到个人来说，那就是"家和万事兴"。

　　他们立即展开风尘仆仆的调研，进一步学习领会儒家文化中"和"的精髓，协调政法委、司法信访、街道社区等有关部门，以"和为贵"为品牌，挖掘"德治"方式预防化解矛盾纠纷，制定出台了《曲阜市关于村村建立"和为贵"调解室的意见》，以刚性约束的方式，探索非诉讼化解矛盾纠纷的方法。

　　办公场所建立在原有村（社区）人民调解室，统一悬挂"和为贵"为主题的标志牌，绘制并张贴"和为贵""平为福""德不孤，必有邻"等富有传统文化特色的标语，营造"以礼相让、以理服人、以德教人、德法融合"的人民调解文化氛围，双方当事人坐在一起，怨气、埋怨就消除掉一半。

　　不用说，小雪街道的武家村走在了前列。早就尝到用"和"字化解恩怨甜头的村支书武波，干得更加起劲了：腾出几间房子建起调解室，摆上了桌椅茶杯，墙上醒目地写着"和为贵"几个大字，以及古往今来"和睦相处"小故事的挂图讲解，使人置身于此，一种温馨感油然而生。

　　曾经有一对吵闹着要离婚的小两口，一前一后地进入调解室打算一拍两散。没想到，调解员还没到，两个人在看完满墙的"和为贵"故事后，感慨万千，心生愧疚，自己手牵手出来了。不调自解，这就是文化的力量。

　　吴村镇某村，有一起十年未解决的宅基地积案，双方各说各的理，法院调解、宣判都不服，认为自己吃亏了，不断地上诉，成为让人头疼的上访老户。自从有了"和为贵"调解室，有关调解员把当事人请来，巧妙运用古代"六尺巷"的故事，吟诵着那首发人深省的古诗：

　　　千里家书只为墙，让他三尺又何妨？万里长城今犹在，不见当年秦始皇。

随后，调解员说了一句："时代进步了，经济发展了，难道咱们还不如古人吗？"双方受到强烈的震撼和启迪，加之调解员苦口婆心地开导和设身处地地着想，终于赢来了"冰消雪化"，两家达成了和解协议。这种教育攻心的做法，弥合了看似难以平复的大裂痕。

一花引来百花开。

兄弟县市镇村，纷纷学习这种做法，济宁主政者自然也是青眼有加，明确提出："和为贵品牌值得推广，但要上升高度，一统两办。也就是说，在党的领导下，整合有关部门，做好两个办事中心，一是办好民政之事，二是办好社会治理。"

随后，由市委政法委牵头，借鉴享誉全国的枫桥经验，充分发挥儒家文化发源地优势，倡树"礼之用，和为贵"，推动德治、法治、自治有机融入基层社会治理。2015年9月，他们整合司法、信访、公安，以及公共法律服务中心、网格化服务管理中心等部门力量，成立济宁市"和为贵社会治理服务中心"，坚持以党建统领"双基"工作指引，将"和为贵"思想贯穿融入社会治理工作始终，通过整合资源、创新机制、流程再造，集成打造充分发挥各部门职能、便民高效的一站式综合性工作平台。

前不久，我们慕名来到济宁市，参加了由市委政法委副书记主持的"和为贵"品牌建设专题座谈会，来自金乡、任城、微山、嘉祥、曲阜、邹城等县区乡村、市政法部门的同志们，娓娓而谈，有事例有观点，生动感人，令人茅塞顿开、精神振奋。

会后，在任城区"和为贵社会治理中心"副主任、信访事务中心张主任的引领下，我参观了这个独具特色的办公场所。面临繁华大街，一座楼房的一楼门面，正门上方写着一行红色大字"任城区和为贵社会治理中心"。走进大门，映入眼帘的是一排写着劳动局、建设局、司法局、民政局等牌子的办公台，墙上还有习近平总书记的重要讲话（节选）：

> 了解民情、集中民智、维护民利、凝聚民心。
> 群众诉求合理的解决问题到位、诉求无理的思想教育到位、生活困难的帮扶救助到位、行为违法的依法处理。

张主任一一向我们介绍着工作流程："市民有事来了，先由接访员负责接待，问明诉求内容，分别介绍到各个局办值班员那里，具体洽谈。而后再酌情'对症下药'。"

我饶有兴趣地听着、看着，当看到墙上那个"和"字标志时，情不自禁长久驻足。张主任用手指着问我："你看那个'和'字像什么？"

那是一个大大的变形的红色"和"字，左边像站立的人，右边像一团祥云。下方写着："以和为贵，德化人心。"我思忖着说道："这个禾字旁是一个人拱着手，那边口字像是云彩缭绕。是吧？"

"呵呵，你的眼光不错。这标志的释义是：夫子拱手，祥云环抱；仁者重礼，和合相抱；道法自然，立意高妙。祥云寓意一团祥和，和为贵，天下安。"

我点点头，感到这个图形标志，极具中国儒家文化的喻义组合，构成了诸多视觉元素，识别强烈，达到了形与意的完美统一，可见设计者的独具匠心与强烈的责任感。随着时间推移，品尝到甜头的济宁人将这项创举不断完善。

2020年6月，中共济宁市委制定印发了《关于建立"和为贵"社会治理服务中心工作体系的意见》文件，按照市级抓统筹、县乡抓治理、村（社区）抓网络、全网智能化的思路，市县乡村四级建设"和为贵"社会治理服务中心（室），升级 N 个全科网络，构建一张智能信息网络，实现"群众接待一扇门、矛盾化解一条龙、预测预警一张网、指挥调度一盘棋"。

那过往年代的一次次"剑拔弩张、势同水火"的矛盾纠纷，就这样沐浴着"和为贵"的春风化雨，峰回路转，冰释前嫌，在儒家文化孔孟圣人的家乡、在铁道游击队战斗过的地方，传唱出一支支动人的歌谣……

三

"乡亲们，快抄家伙，那边又来抢粮了！打啊！"

随着一阵喊打声，一群手持铁锨、锄头的农民冲出村庄，向着前边麦田跑去。对面，同样也有众多拿着木棍菜刀的汉子冲来。刹那间，双方混战在一起，噼里啪啦，怒骂声、击打声、哭叫声搅成了一锅粥。

械斗！读者看到这里，脑海里立刻会蹦出这样两个字，甚至会想到是哪部电影中的镜头，抑或是哪部小说中的描绘？不，这曾经是一幕幕真实发生的场景。地点就在山东与江苏两省交界的微山湖周边。

啊？是那个电影《铁道游击队》所唱"西边的太阳快要落山了，微山湖上静悄悄；弹起我心爱的土琵琶，唱起那动人的歌谣。爬上飞快的火车，像骑上奔驰的骏马，车站和铁道线上，是我们杀敌的好战场"的微山湖吗？没错，正是此湖。

这里风光秀美、湖产丰富，抗日战争时期因我党领导的微山湖大队、铁道大队、运河支队等湖区抗日武装打击日寇而闻名遐迩。然而，你可知道，由它引发的鲁南和苏北村民争斗事件，竟然持续了150多年？从清末、民初，直到新中国成立之后，几乎年年没有止歇。

微山湖，是我国北方最大的淡水湖，面积1266平方公里，周长550公里。其中山东与江苏接壤204公里，涉及山东省济宁市的微山、鱼台、金乡三县和江苏省徐州市的沛县、铜山、丰县三县。京杭大运河傍湖而过。从北到南分别是南阳湖、独山湖、昭阳湖、微山湖，统称"南四湖"。湖中有座微山岛，面积约9.6平方公里，因商纣王的哥哥微子启葬于此地而得名。

早在清朝咸丰年间，黄河两次决堤，洪水退后，微山湖周围形成可耕种的湖滩淤地。鲁西南郓城、巨野等地的灾民就到这里耕种无主湖田。因产权不清晰，当地百姓与移民产生了矛盾。地方政府为了省事，干脆修了一条长堤，把他们分开来，称为"大边"。双方民众分住"边里边外"。可是为了多种地多收粮食，以及争抢芦苇、鱼类等湖产，人们经常突破"大边"，械斗不断。

1949年7月之后，以南四湖为基础建立了湖区办事处，隶属山东省台枣专署（台儿庄、枣庄）。1952年11月调整规划，徐州及所属县（区）划归江苏省。两省商定边界基本上"以湖田为界"。经国家批准，山东新成立微山县，将江苏沛县所属湖面和湖西沿湖14个村庄划入，以便整体管理南四湖地区。

由于湖田随着湖内水位的变化而变化，水位高的时候湖田就少，水位低的时候湖田就多。当地人说："水涨到哪里，哪里就是山东；水退到哪里，哪里就是江苏。"这种动态的边界线，难免会造成各种纷争。济宁微山和徐州沛县两地的矛盾逐渐升级，因抢种耕地，双方爆发了多次打斗，甚至动用猎枪打死了人。

鲁苏边界纠纷成为困扰中央及两省的难以解开的大疙瘩，双方村民"鸡犬相闻，老死不相往来"，更不用说友好相处通婚通商了。

时代列车驶进了 21 世纪，这种状态再也不能继续下去了。一方是孔孟之乡、礼仪之邦，一方是刘邦故里、汉族名之源，均为历史文化深厚之地，却因为湖田争斗了上百年，伤亡近千人，实在是令人唏嘘。"和为贵"理念，在此时此地尤为重要，在两省党政部门和人民群众的努力下，转机于 2003 年出现了。

这一年，微山湖地区的降水比往年减少一半，露出成片的湖田。济宁微山县傅村镇大卜湾村，与徐州沛县大屯镇丰乐村隔湖相望，相互之间的交织田地遍布湖区，麦子长势不错，但人们心中暗暗嘀咕：收粮时恐怕又要争抢打斗了。

毕竟是新时期了，双方公安派出所人员时常一起学习开会，较为熟悉，都十分重视维稳任务，便早早电话约定：

> 所长好，快麦收了，咱们各自管好本方的治安，有了问题协商处理好吧！
> 好的，我建议咱们分别派出民警值班，实行错时收割，避免村民直接接触。

双方商定，今年由微山县傅村镇大卜湾村先行收割，两天后由沛县大屯镇丰乐村再开镰。

说话间，麦子黄了，傅村镇和大屯镇派出所民警日夜值班，深入湖田严防争抢。不过，多年的边界不清还是带来了问题：大卜湾村割了丰乐村的一部分麦子。眼看"烽烟"再起，民警和社会治理人员及时介入，安抚村民友好协商，最后微山方面补偿一万元和平解决。

这是双方多年来不用械斗解决问题的开始，迈出了和解的第一步。2003 年 6 月 19 日，济宁市委政法委书记带队出访徐州市政法系统，受到了热情的接待，为双方"联合维稳"做了沟通与铺垫。此时，一个与两地都有关系的人物，进一步起到了牵线搭桥的作用。

江苏徐州市委政法委副书记、市社会治安综合治理办公室主任，恰是山东济宁人，而在入伍当兵时，又来到了徐州九里山下的军营。他从普通的士兵做起，一步一个脚印，由淮河流域到边疆黑土地，凭着扎实的努力，30岁便走上了团级干部的岗位。1991年，他转业回老家，任山东济宁市监察局副局长、市纠风办主任。而他的妻子则一直在江苏徐州工作，2001年，为解决两地分居，他调往徐州市任政法委副书记。

瞧，这样一位与鲁苏有着不解之缘、又有强烈责任心和正义感的人，自然不能坐视"兄弟不和"。现在他更加感觉时不我待了，向市领导写出了"和平友好解决边界纠纷"的建议书。徐州市委书记高度重视，立即做了200余字的批示，表示赞同。

经过一番沟通和准备，2003年9月，徐州市委书记带领市"四套班子"和相关县、市领导50余人，来到山东济宁市走访。同样，得到了时任济宁市委书记等一班人的热情欢迎。本身是济宁人而在徐州工作、十分熟悉两地情况的徐州市委政法委副书记，自然是不可或缺。

一行人说说笑笑走进宾馆大厅，在孔子故里"和为贵"思想的春风里，握手言欢，求同存异，一切本着友好协商的原则，洽谈并建立了遇事协调处理机制。

这次"破冰之旅"意义重大。此后，济宁市党政领导又回访徐州市，签订了《关于联防联调共同维护边界地区社会稳定的协议》。2004年8月，沛县与微山县缔结为友好县。双方都深刻认识到，几十年的纷争，耽误了群众的生产，牵扯了干部的精力，既没分出高低，又浪费了大量财力与精力。过去的问题互不追究，因争议导致的伤亡，由各自县乡财政出资抚恤。一切向前看。

这一来，成功解决了苏鲁微山湖争端，鲁南苏北2市6县18个乡镇100多个村庄，都分别建立了友好关系，结束了长达百年的边界械斗。同时，济宁徐州两市定期互相走访，政法委、公安司法等部门协同6县领导，每年分别在两市召开边界稳定协调会，真正达到了"以和为贵"。

中央电视台《第一线》栏目组前来采访报道，制作了三集专题片《百年恩怨化和谐》，反响甚佳。2006年5月，中央综治办与中央维稳办在山东济宁和江苏徐州联合召开全国创建平安边界现场会，总结推广省际边界微山湖地区维护社会稳定的先进经验。

两地干部不约而同地认为："我们两县之间，是真心诚意的互相沟通，建立一种友好的长期的协作关系。为此，大家总结了一句话：'干部多握手，群众不出手。'"

微山湖周边风平浪静，除了两地的细致工作外，还有一个重要原因：那就是改革开放的功绩。各地经济社会高速发展，老百姓对农田的依赖减少了。当年拼个你死我活，是指望多种几亩地，多收救命粮。而今乡镇企业蓬勃发展，人们已昂首步入小康社会，都在花心思发展多种经济，湖田已不是那么重要。

尤其近年来，在中华文化与现代文明相融合的热潮里，济宁全市上下争创"和为贵"社会治理品牌，微山县更是积极向前，将儒家文化的"和为贵"思想，运用到基层人民调解工作中，探索形成了"看、走、坐、谈、观"五步矛盾调解工作法，有效化解了移民搬迁、湖地边界等历史遗留问题。

2022年11月29日，第33次鲁苏边界微山湖地区社会治理现代化协作联席会议以视频会议形式召开。济宁市委常委、政法委书记，徐州市委常委、政法委书记出席会议并讲话。济宁市副市长、市公安局局长主持会议，两市及接边6县区有关人员分别与会。双方回顾了坚持"和为贵"理念，持续抓好鲁苏边界微山湖地区平安稳定工作，共同维护打造了连续 20 年没有发生较大纠纷和严重治安问题的和谐局面，进一步签订了《关于鲁苏边界微山湖地区社会治理现代化协作框架协议》，推动双方在打击违法犯罪、矛盾纠纷调解等方面的沟通协作不断向常态化、深层次发展。

微山赵庙镇曹庄村与沛县丰乐村相邻，两村交界处有一家非法洗砂厂。老板就在这个狭小的空间内躲猫猫，造成环境污染，也给两村带来极大的困扰。村民说："江苏执法人员去了，他们跑进山东地界；山东执法者到了，他们又跑回江苏地界。"

如果是在过去，两个村子就会互相指责，争端再起。现在有了"和为贵"调解室，一切都好说了。微山的曹庄村与沛县的丰乐村的村干部、村民代表一起坐下来想办法。一番协商后，两村决定联合起来，一致行动，配合支持执法部门工作。

兄弟同心，其利断金。在他们共同协作配合下，执法部门有的放矢，顺利取证，一举取缔了这家非法洗砂厂。

协商议事，真是帮人们解决了不少难题。小到邻里纠纷，大到村与村产生矛盾，群众都可通过民情意见箱、微信群、"和为贵"调解室等途径，心平气和，共谋对策。为此大家纷纷表示："以和为贵，安定团结，才是美好生活的根本。"

2023 年 4 月下旬，我们来到济宁微山县西平镇采访，与镇党委书记、西平派出所民警、四级警长，还有村民代表等人座谈，感受颇深。西平镇与江苏沛县大屯镇搭界，两地的不少村庄纵横交错，素有"一脚踏两省"的说法。独特的地理位置，让两地有着千丝万缕的联系，往年自然少不了火星四射。

"和为贵"社会治理以来，这里与其他乡镇村一样，发生了天翻地覆的变化。双方村民变得十分友好，那种"见面不说话，碰头绕着走"的现象再也没有了。

最典型的例证是以前两地村民很少有通婚的，就像英国戏剧家莎士比亚笔下的《罗密欧与朱丽叶》，因家族矛盾严禁青年人交往一样。沛县大屯镇有位小伙子，在大学里与一位女同学恋爱了，情投意合。可女方恰是微山西平镇人，两家父母和亲友知道了，一百个不同意！理由就是两村是冲突"仇家"。

"不行，坚决不行！"女方家长脸色铁青，"你要是嫁给大屯人，就永远别进咱这个门！"

男方老人也毫不示弱："儿啊，咱就是打一辈子光棍，也不能要那边的媳妇！"

然而，爱情的力量是无敌的，何况时代已进入了21世纪。两个处在热恋中的年轻人，使出浑身解数求爷爷告奶奶，希望家人别那么顽固，直到最后拿出了"撒手锏"："如果不同意，我俩就跳湖去！"

果然，亲友们被镇住了，陷入沉思。西平镇调解员得知了此事，将其家人请进了"和为贵"调解室，动之以情，晓之以理，终于使他们点了头。按照风俗，男方要到女方家正式提亲，临行时，大屯这边又犹豫起来：这可是多年来第一次与"仇家"结亲，万一不受待见咋办啊？

事到临头，硬着头皮去吧。谁知，提亲人一进村，就受到了西平人的热情欢迎，敲锣打鼓地迎到女方家中。毕竟时代不同了，人们把老祖宗的教诲重新拾起来，一句"和为贵"，掀开新篇章。女方举办了隆重的宴席，礼遇男方，从此两地变成了"亲家村"。

现今的湖东湖西，大屯西平，互相结为亲家的已属平常事，莎翁作品中的"罗朱悲剧"，在当代鲁苏边界上再也不会重演了。两个镇党委还成立了"和谐鲁苏，六域共建"联盟，围绕组织、平安、产业、环境、文化、人才等方面，共建和谐社会与镇域发展。

讲述上述故事的，是坐在我对面的西平派出所民警、四级警长，本身就是一个"鲁苏一家亲"的见证人。他的哥哥恰巧在邻镇，是江苏沛县大屯派出所副所长，二级警长。这引起我浓厚的兴趣："好，你们兄弟俩面对面了，这是有意安排的吗？"

"不，是碰巧了！"年轻的西平派出所民警笑着说，"我哥比我大四岁，当年考上了东北公安，后来调到江苏沛县。而我也是考上公务员，在本地当民警的。"

"真是无巧不成书啊！这样工作起来是不是更方便了？"

"是的。过去两省边界闹纠纷，政府单位也不融洽。现在早变样了，我们时常联手巡逻，齐心协力，保一方平安。"

对于一名敏感的作家来说，自然不会放过现实中戏剧性的一幕。随行的市公安局警官是个有心人，立时安排我们与这对兄弟警察见面，体验一下边界和谐气氛。于是，派出所民警一边打电话，一边引领我们一行驱车前行。

时值正午，春天的阳光透过云层，洒满了平坦的乡村公路，闪着一片明亮的光泽。来来往往的车辆分别挂着江苏和山东的牌照，说明这里是两省交界处。我们到后稍事等待，一辆江苏警车驶了过来，身着警服的大屯镇派出所副所长和两位民警下了车，笑着向我们伸出了手。显然，两地民警已在电话中交流了情况。

望着这对年轻干练的警察兄弟，望着和平美好的两省边界景象，我心生无限感慨：这是一个时代的象征啊！过去"不共戴天"的双方，实则是"群众争利，干部争气"——村民为了湖产打斗，政府部门为了表示硬气，或多或少偏袒本方，以至于常常碰出火花来。今天以和为贵、以善为本，真是和和美美一家人了！

"来来，我们照张相吧。"说着，我与警察兄弟并肩站在一起，随行助手举起华为手机，"嗒嗒"地拍照。背后白墙上赫然显示着一条醒目的红色标语：鲁苏一家亲，携手创辉煌。

"和为贵"，表面上看是和平化解家长里短的纠纷，骨子里弘扬的是"和文化"精髓，构建的是社会稳定的基础。一个家庭、一个城市、一个国家莫不如此。曾在网络上出现的高铁占座、宅基纷争，等等，倘若都"以和为贵"对待，势必减少很多风波。

由此可见，山东省济宁市高度推崇"和为贵"理念，可谓弥足珍贵。这正是：

天下"和为贵"，世上"善为高"；
干戈化玉帛，人间更美好！

（原载2023年秋季刊《首都文学》、中国报告文学学会主编《尼山之光》文集、作家网、《人民日报》客户端）

"心田洒扫净无尘"

——著名军旅作家李心田纪事

一

"心田老师好啊，我来看望您了！"

"啊，是许晨啊，好长时间不见了，你来我太高兴了！"

他说着向我亲切地张开了双臂。我也如同久别重逢的亲人一样，赶紧上前拥抱了这位德高望重、年近九旬的老作家。

在迎接中国人民解放军建军九十周年之际，我来到热情似火的泉城济南，拜访著名军旅作家、原济南军区前卫话剧团副团长、艺术总监李心田先生。应该说，这个名字在当代文坛上光彩夺目，可面对如今信息爆炸的大千世界，有些其他行业的人士对他不太熟悉。然而，如果提到小说和电影《闪闪的红星》的作者，立时会有不少人恍然大悟：原来他就是塑造小英雄潘冬子的那位作家啊！

是的，一部反映革命战争年代、红色少年成长故事的《闪闪的红星》，春风化雨，点滴入土，滋润了一代又一代青少年的心田。至今，许多人说起来还会脱口而出："我就是看着《闪闪的红星》长大的！"其中包括我这个当年的青年工人。

记得1974年的秋天，我在德州齿轮厂工作不久，单位包场时看到了彩色电影《闪闪的红星》，立时被深深地吸引了。这在八个样板戏充满舞台银幕的年代里，宛如寒冷的冬天里吹来了一阵和煦的春风，令人倍感畅快和温馨。尤其伴随着两岸青山，一湾碧水，潘冬子坐在竹排上手拿红星的镜头，响起了"小小竹排江中游，巍巍青山两岸走。红星闪闪亮，照我去战斗……"的插曲，激荡悠扬，长久地回荡在每位观众的耳畔心中，给予了他们巨大的激励和鼓舞。

命运如此神奇。二十年后，我竟与这部作品的作者——李心田先生近距离接触，成为无话不谈的忘年交。那是我于20世纪90年代由部队转业到山东省作家协会《山东文学》杂志社工作之后，因了时常上门约稿和请教的缘故，与李老师自然而然熟识起来，在文学道路上得到他无微不至的关心与支持。只是在2012年之后，我调到青岛市文联从事专业创作和研究，离开了省城，才少有见面机会了。这一次，我是借助回省城开会的时机，专程前来拜望心田老师的。

虽说曾在电话里预约过，可一见面还是感到莫大的惊喜。我的老师、我的前辈已经88岁了，腿脚不太灵便，双耳听力大减，明显见老了，唯独思维和记忆仍然十分清晰。在他那相濡以沫半个多世纪的妻子吴秀东老师的提示下，我们天马行空般畅谈起来。特别是今年——2017年，迎接建军九十周年的年份，话题更多地围绕着军事文学展开了。

这是因为新中国成立初期李心田老师一参加工作就在部队，从文化速成学校的教员，到原济南军区前卫文工团的编剧、创作室主任、艺术总监、副团长；从血气方刚的青年军人，一直干到花甲退休，住进了军队干部休养所。穿了一辈子军装，做了一辈子军营文化工作。不但自己写出了许多优秀作品，还组织培训出了一大批纵横文坛的作家。称他是军事文学的开拓者和践行者，一点儿也不过分。

而我呢，也是有着十几年军旅生涯、毕业于解放军艺术学院文学系的文化战士，心中永远情系军营，自然而然有着十分浓烈的共同语言……

二

睢宁县地处苏、鲁、豫、皖四省交界的江苏省徐州市，南依长江三角洲，北连华北大平原，素有"兵家必争之地"之称。1929年，李心田就出生在徐州东南八九十公里的睢宁县，从小聪明好学，还未入私塾就学会了写毛笔字，继而由练字爱上了读书作文。《论语》《幼学琼林》《古文观止》，等等，他全都背诵如流，一颗文学的种子悄然萌发了。

迎着新中国成立的春风丽日，李心田于1950年考入了华东军政大学，毕业后参加了中国人民解放军，在第28速成中学任文化教员。时年才20挂零的他，教的学生却是一些从战火中冲杀出来的部队官兵，他一边辛勤备课充实自己，一边从他们身上学到了优秀品质，积累了不少宝贵素材，启航了丰富多彩而曲折坎坷的文学之旅。

从1953年开始，李心田利用业余时间发表了不少诗歌、剧本、小说等作品。主要内容和主题都是反映战争年代生活的，尤其是红色少年的成长故事，赢得了广大读者的喜爱。1957年，他在《文艺学习》上发表短篇小说《我的两个孩子》，只有3000多字，可时任《人民文学》主编的著名作家张天翼，却写了近600字的按语，指出："文章失败和成功最简单的原因可以用一句话来概括，就是作品是否能够以情动人，作者所写的人物和故事情节是否能触动读者的感情。"

这给了年轻的李心田极大的教诲和鼓励。此后，他更加积极努力地投入写作实践中。不久，他以抗日战争烽火为题材，写成电影文学剧本《小八路》在杂志上发表了。中国少年儿童出版社约他改成了中篇小说，定名为《两个小八路》出版，反响不错。责任编辑李小文很有责任心，希望他再为孩子们写本书。李心田回想起当文化教员时的积累，构思了一个红军家庭的故事。她听后十分赞赏。这就是后来的《闪闪的红星》（最初定名《战斗的童年》）。

这部影响了不止一代人的当代少儿文学名著，经历了一个曲折的问世历程。1965年，李心田已调到原济南军区文工团创作室。正值"文革"前夕，他怕遭到批判，连写了两封信到中国少年儿童出版社，追回了正在编辑的《战斗的童年》书稿。果然单位要求创作员把手头的作品交出来处理。李心田十分惶恐，又很爱惜自己辛苦两年多完成的书稿，就把手写原稿交了，悄悄留下一份誊清稿。交上去的稿子连同封存的书籍材料，在院子里堆成一堆，一把火烧成了灰烬。望着四处飞舞的片片"黑蝴蝶"，李心田感慨万端，心有余悸。

"野火烧不尽，春风吹又生"。不管什么时期，人们总是需要文学的。1970年，人民文学出版社的编辑谢永旺来济南组稿，李心田闻讯，就把劫后余生的《战斗的童年》交给他审读。他认为不错并得到了主持工作的王致远支持，决定请作者修改后出版。谢永旺觉得书名《战斗的童年》不新颖，没有特色，便与李心田商量改为

《闪闪的红五星》。最后王致远审稿时感到不太精练，大笔一挥删掉了那个"五"字，这部作品从而以《闪闪的红星》之名在1972年5月问世了。

好评如潮，中央人民广播电台播讲了《闪闪的红星》。《人民日报》发表了"一部儿童教育的好教材"的评论。全国18家出版社到人民文学出版社要印书纸型，当年累计印数在300万册以上。作品还被译成英、日、越等多种文字向外介绍。一时间，这部小说蜚声国内外，不少电影厂想把它搬上银幕。八一电影制片厂捷足先登，派人来济南商量改编事宜。

起初，编剧为主业的李心田准备自己改编，可听来人说："军队老作家王愿坚、陆柱国都被批过，如果让他俩参加，等于借这个机会正名了。"李心田是个心地善良的人，爽快地答应了："好，那我们就合作吧！"

这可是当时少有的拍摄故事片机会。八一电影制片厂调动了全军最优秀的艺术人才倾情创作——编剧：李心田、王愿坚、陆柱国；导演：李俊、李昂、王苹；摄影：蔡继渭、曹进云；作曲：傅庚辰。导演组在北京的多所小学里遴选演男主角潘冬子的小演员。一个偶然的机会，他们找到了时年9岁的祝新运。把他接来一试妆，大家都很满意。加上刘江演胡汉三，高保成演宋大爹，刘继忠演椿芽子，都是理想人选。

从小说到文学剧本再到影片，经过剧组演职人员的二度创作，艺术性大有提高，某些段落，甚至产生飞跃，如《竹排激流》一场。按说，这是一段过场戏，拍几个镜头也能完成任务，但是导演、摄影师通过精心处理：奔腾的激流、葱翠的青竹——用横移的拍法，让竹林前后层次交错地移动，造成富有生命活力的动感。美丽的河山托起竹排上的冬子，闪闪的红星在他掌心中发亮，一只苍鹰在长空盘旋……

诗情画意，多么需要一首歌啊，可是几个文字作者都不在，就由剧本编辑王汝俊操笔写下"小小竹排江中游，巍巍青山两岸走……"加上作曲家傅庚辰那华丽的乐曲、丰富的配器，一下子就把艺术境界全烘托出来了！再由总政歌舞团歌唱家李双江演唱，那高亢清脆的嗓音，明亮壮美，像是飘动在云端里。观众置身于人、景、曲、歌中，不觉间感到神清气爽、心旷神怡。

电影把原作丰富了，艺术价值增值了！这在那个特殊时期，就如其中的插曲《映山红》所唱的一样："夜半三更哟盼天明，寒冬腊月哟盼春风；若要盼得哟红军来，岭上开遍哟映山红。"彩色故事片《闪闪的红星》一经推出，深受欢迎，连年放映不衰，家喻户晓。她不仅给人美好的艺术享受，还可以令人从中接受红色传统教育，真正做到了思想性和艺术性的完美统一。

《闪闪的红星》已成为经典读本，也是李心田老师的代表作。但毕竟是诞生于非常年代，小说原稿中一些细腻的感情部分被删掉了，比如冬子妈对丈夫的依恋和牵挂，红军走后的失落感以及对白军的恐惧。这些内容本来是很真实、很感人的，但改稿时怕"不健康"，只得删去了。

改革开放的新时期来到了，李心田与众多作家艺术家一样，摆脱了思想枷锁，如虎添翼，辛勤创作，接连出版了《跳动的火焰》《屋顶上的蓝星》《蓝军发起冲击》《风卷残云》《梦中的桥》等多部中长篇小说和话剧剧本。作品领域从少儿成长到社会问题、军队建设等各个层面，充分展示了一个有担当、有胸怀的作家的责任心。同时在写作手法上也更加炉火纯青，达到了相当的高度，他接连获得过全国优秀少年儿童读物奖、冰心图书奖、戏剧会演优秀剧目奖，以及山东省作协颁发的儿童文学终身成就奖等一系列奖项。

三

难能可贵的是，几十年来，李心田不仅仅自己写出了许多脍炙人口的好作品，还在那个年代里，组织辅导带出了一支过硬的作家队伍，包括后来享誉文坛、多次获得全国大奖的李延国、李存葆、王颖、李荣德、李荃等人。曾有人半开玩笑半认真地表示："济南军区创作室一窝子'李'，头儿就是李心田。"

一次全国文学笔会上，《十月》杂志的著名文学编辑张守仁感叹道："济南军区的李心田，跟他工作学习搞创作的，得有一个排！"

这话传到李心田耳朵里，他笑笑答道："没有一个排，但一个班还是有的！"

说来话长，那是在1970年的一天，已经调任原济南军区前卫文工团编导室主任的李心田，突然接到通知，让他去见时任军区司令员的杨得志上将。这位在军内颇有声望的老将军，对文化工作也很重视，这次是专门找李心田谈话，准备提拔他当军区话剧团的副团长。

"首长，感谢组织上的信任，可我不适合干行政……"李心田诚惶诚恐，赶紧推辞。

"哦，那你想干什么呢？"

"我能搞创作，组织剧本。可眼下咱们军区缺乏创作人才，亟须培养啊！"

杨司令十分欣赏一心为了工作的干部，笑笑说："好吧，这件事就由你来办。你下去选一批人，把他们带起来！"

李心田就带着司令员的"尚方宝剑"，来到军区政治部《前卫报》社就地选材——从常在文艺副刊上发表诗歌、小说的作者中选人，当时的副刊编辑刘崇纲积极推荐。他选择了李延国、李存葆、王颖、李荣德、邢广域等，把他们借调上来集中办班培训。

这些人大都有一定写作基础，是基层部队的笔杆子，有的还是大学生分配到部队来锻炼的。但对于文学创作多是业余爱好者，缺乏系统的理论知识和写作技巧训练。李心田在上级领导支持下，首先给他们上文艺理论课，专门开出了一份书单，什么《古文观止》《樱桃园》《复活》《子夜》《家》，等等。他说："我们干这行就要学这个懂这个，小说你要读俄国托尔斯泰、契诃夫，写戏你要看古希腊大悲剧。"

毕竟，李心田当过语文教员，而且特别喜好读书，肚子里的确有不少干货，就从古希腊的三大悲剧讲起，因为那是现代戏的源头。他讲埃斯库罗斯的《被缚的普罗米修斯》，塑造了不畏强暴、为人类造福的"智慧之神"普罗米修斯的形象；讲欧里庇得斯的《美狄亚》，描写美狄亚和伊阿宋的爱情纠葛，揭露了伊阿宋的伪善、残忍，以美狄亚的心理斗争推动着故事情节的层层推进，为悲剧的发生奠定了基础、埋下了伏笔……

有幸选来培训的业余作者，都是好学上进的年轻人，一下子走进了另一个世界，听得如醉如痴，学得如饥似渴。除了白天听李老师讲课之外，还分别按照书单连夜攻读。尤其是有人意外发现封存的俱乐部图书馆可以从窗户里出入，便悄悄爬进去寻觅古今中外的名著，你几本我几本藏在军衣下边"顺"出来，互相传阅交流。犹如一股春风吹进了茫茫大漠，疲惫的旅人遇到了水草丰茂的绿洲。

经过一段时间的学习，这些预选对象都大有长进，不仅丰富了理论知识，还积极写作，拿出了一批像样的文学作品。最后按计划从中选人留在军区文工团任专业创作员。领导们把这个权力交给了创作室主任李心田："你最熟悉这帮人，就由你定吧！"

哎哟哟，这可使心地善良、爱才心切的李心田犯了难：究竟留下谁呢？让谁回原部队呢？尽管这些人性情不一，经历不同，但通过朝夕相处，李心田深深地喜欢上了他们，认为都是些好苗子。那天晚上，他一个人在院子里来回转圈子，名额有限，谁走谁留，一时难以决定，十个手指头咬咬哪个都疼。最后，他下定了决心：全都留下，实在不行再去找杨司令要名额。

人生会有许多看似偶然的因素，一下子扭转了命运的轨道，但其中还是蕴含着某种必然性的。这些人从此走上了专业作家、文学编辑的道路，加之自身的刻苦努力，在各自的岗位上均卓有建树。然而，或许他们不曾知道：数十年前的一个夜晚，李心田独自在院里转了一圈又一圈……

原济南军区文工团创作室兵强马壮了，在主任兼党支部书记李心田的带领下，人人都积极努力地学习、写作，像辛勤忙碌的工蜂一样，比学赶帮，争先恐后，开创了一个文学创作的"黄金时代"。

正如前边介绍的一样，李心田一马当先，一部《闪闪的红星》享誉中外。同时，他一如既往支持各位创作员深入生活，多出好作品，甚至提出不管什么题材、什么体裁，只要你觉得有意义有价值，就可以去抓去写，尽最大力量帮助年轻作者走向成功。

其间，他们中间的李延国在《解放军报》上发表了诗歌《特号鞋》，在《人民日报》上发表了报告文学《唱支山歌给党听》；李存葆在《解放军文艺》上发表了报告文学《将门虎子》；王颖与李荣德合作出版了长篇小说《大雁山》；严玉树的短篇小说《雨涤松青》入选人民文学出版社的小说集。李心田还带领李存葆等人创作了大型话剧《再战孟良崮》等，分别获得了好评。

李荣德深受李心田老师的鼓舞，接连写出了大型话剧剧本《将军的求索》、电视连续剧剧本《上错花轿嫁对郎》《穿越时空的爱恋》、长篇传记文学《齐鲁飞将军》《廖承志》，等等，成为中国戏剧家协会会员、中国传记文学学会理事。后来，他转业到地方工作，担任了江苏文艺出版社副总编辑，一直对李心田老师心存感激、念念不忘。

另一位蜚声文坛的著名作家李延国，更是深有体会。

1943年他出生于山东省烟台市，小学毕业后因家庭困难，只得辍学务农，但从小爱好读书写作，自学成才，曾用自己糊的信封四处投稿。1964年他应征入伍，当年入党，并且以擅长写文章受到领导重视。自从选调到军区话剧团后，他在李心田等师友支持下刻苦努力，不断进步，接连发表了许多诗歌、散文、报告文学作品。

不过，有的话剧团领导人要求创作员多写剧本，对别的体裁不太重视。李心田不是这样，鼓励他们能写什么就写什么。他说："这些年轻人缺两个东西：一是经验，二是生活。能到生活中跑一跑，可能不会马上写出剧本来，但会拉碾子就会拉磨，需要时就会用上的。"

李延国是一个富有正义感和高度政治责任感的作家，为人兼有农民的质朴、军人的豪爽和学者的睿智。他曾经写出剧本《高山青松》《开箱记》等，发表在《解放军文艺》上，只是由于种种说不清的原因，搬上舞台的较少。可他以剧作家的构思和手法写出的报告文学作品，却独树一帜，影响很大。

20世纪80年代初，《解放军文艺》编辑部专门约请他写作关于引滦济津的报告文学。李延国兴冲冲地拿着盖有编辑部大红公章的介绍信，去找某位团领导请创作假。不料，这位领导不以为然，轻蔑地将介绍信扔在一边说："你这是不务正业！不行。这个东西连擦屁股纸都不如！"

李延国十分气愤，可又不好当面顶撞，心里暗暗发牢骚："哼！你用它擦屁股太硬了，搞不好还会让公章染一屁股红……"

可他实在太喜欢这个选题了——在"文革"结束之后，人们特别需要振奋一下精神。当时，李心田出差在外，等到回来了解到这个情况，坚定不移地支持道："延国你去吧，有事我顶着。来回的车票我帮你报！"

好一个李延国，不负恩师期望，风尘仆仆一头扎进了引滦济津水利工地上，深入采访潜心写作，半年多时间拿出了六七万字的报告文学《在这片国土上》。《解放军文艺》全文刊登，《解放军报》连载了六个整版，好评如潮。时任总政文化部长的著名作家刘白羽读后热泪盈眶，连夜撰写评论，称赞为"黄钟大吕般的作品"！

在不久之后的全国报告文学评选中，此作以排位第一名获得了大奖。作为前卫话剧团创作室主任的李心田由衷地感到高兴，积极为李延国请功，说："不管写的是不是剧本，只要是咱话剧团的作家，就是做出了成绩，争得了荣誉。"

一发而不可收。李延国再接再厉，乘胜前进，接连写出了一系列振聋发聩之作：《中国农民大趋势》《走出神农架》《望长城》《高中锋与他的矮教练》《第一生产力》等。作品以报告文学和影视作品为主，风格恢宏而富激情，具有极强的概括力和穿透力。他也多次获得全国报告文学奖、优秀电视专题片奖，成为中国报告文学界的领军人物之一，当选中国报告文学学会副会长。

其他几位得到过李心田指教的作家，也是八仙过海各显其能。李存葆写出了轰动一时的中篇小说《高山下的花环》《山中，那十九座坟茔》等作品，连获全国小说大奖。后来，他调到解放军艺术学院任副院长，授少将军衔，并当选为中国作协副主席。王颖则陆续出版了长篇小说《晋阳跃兵》《大漠紫金刀》、报告文学《中国民工潮》等书，调任解放军文艺出版社编辑部主任、副社长、编审，享受国务院政府特殊津贴……

尤为令人称道的是，他们不管走到哪里，都不忘心田老师的教诲提携之情。最为典型的当数李延国，即使转业多年、定居于特区深圳后，仍然一如既往地执弟子之礼。每当因事回到济南，他总是带上礼品前去看望，或者请老师及师母吃饭。中秋节、春节等重要节日到了，他必然想到向老师问候，托朋友转交或用快递寄来月饼等礼品祝福。

每年的大年初一，他总是早早打去电话向恩师拜年！以至于李心田老两口当天听到第一阵电话铃声，往往会心地一笑："不用说，准是李延国！"

四

说起来，我也是李心田老师的学生之一。

虽然因了年龄、军种等差异，我没有像上述师兄直接投其门下——"文革"结束之后的20世纪70年代末，我才参军成为原济南军区空军一员，但早就敬仰《闪闪的红星》的作者，不时地慕名前去请教。尤其我与他的得意门生李延国是多年好友，常在一起交流合作，从而也得到心田老师的指导帮助。我转业到山东省作协《山东文学》杂志社工作之后，又有了一层作者与编辑的关系，经常登门聆听他对办刊的意见，向他约稿。

其间，正是李心田老师退休赋闲之际，可对于一位作家来说，是既未休更未闲，反而愈加忙碌起来。他完全没有了创作任务的约束，进入了一个相对自由的写作阶段，独立思考人生意义，深刻反映社会问题。

他的长篇小说《银后》精彩描述了一位电影明星的传奇经历，入木三分地揭示了其情感体验和港台文化进入内地的时代背景，获得了《当代小说》新都市小说特别奖。而另一部长篇小说《寻梦三千年》，则从古代的周公旦写到现代的周恩来，其中涉及孔子、屈原、管仲、嵇康等人的命运，使人看到他们忧国忧民的情怀。可以说，这是李心田最重要的作品之一：呼吁中国知识分子从"皮与毛"的关系中挣脱出来,彰显自己的独立人格。此书由江苏文艺出版社出版,被中国作协收入《阅读中国》文集。但我认为,由于种种原因,人们还没有认识抑或说还没有承认它的真正价值。

之后,李心田写了以婚姻为线索,反映新中国成立后文化人命运遭际的长篇小说《结婚三十年》。说到此,不可不提一下他的夫人吴秀东女士。她不是文化圈里人,只是一位普普通通的工人,可自从与李心田相遇相知之后,便把一颗心全交给了丈夫和家庭,成为有口皆碑的贤内助。而李心田亦十分珍惜夫妻感情,不管是名噪一时还是风云变幻,均恩爱有加,相濡以沫。这部作品里就有他们生活的影子,同时也综合归纳了同时代人的爱情悲喜剧,揭示出特殊年代中国知识分子的生存环境。

此外,他也创作了一系列反映现实社会的中短篇小说《流动的人格》《潜移》《老方的秋天》《痕迹》等,在文坛和社会上产生了积极反响,有的还获了大奖并被改编成了电视剧。直至年过八旬了,他还写出了一部关注当代民间经营的长篇小说《风筝误》。甚至在 2012 年不慎摔伤腿,于住院治疗期间,他仍然思考着怎样修改这部作品……

如果说世间有活到老、学到老、思考写作到老的典型,那么李心田老师应该是其中出色的一位。退休近三十年了,他根本没有进入含饴弄孙、颐养天年的状态,也不会去游山玩水、唱歌跳舞,始终不曾放下读书写作的责任,思维仍然是那样敏捷深刻。除了上述作品之外,在我任《山东文学》主编和社长时,他几乎年年都有佳作赐稿,比如《感觉王蒙》《自己的日子》,等等。对于一位耄耋老人来说,实在是一个文化上的奇迹,令人无比敬佩。

为此,在 1998 年秋和 2009 年春李心田创作生涯五十年和六十年之际,由我提议并积极筹备,以《山东文学》和省作协创联部名义分别举办了两次纪念座谈会。嘉宾云集,盛况空前。特别是后一次，恰逢他老人家八十寿辰之年，大家一边为老人祝寿，一边盛赞其宝刀未老。远在深圳的李延国因事未能赶回，特意发来贺信："恩师心田，创作华诞。笔耕不辍，六十周年。俩小八路，跳动火焰。闪闪红星，代代流传。著作等身，立功立言。才播神州，德望星汉……亦师亦友，学而不厌。桃李天下，亮节垂范。作品求优，生活从俭。恩爱师母，楷模姻缘。耄耋之年，笔锋更健。壮心伏枥，志存高远。我敬我师，如圣如贤！"

一首简洁明快的四言诗，概括了李心田的为人品格和创作征程。

如今，他已八十有八了，难能可贵的米寿之年，虽听力有些下降，说话需要老伴大声贴着耳朵"翻译"，但头脑依然十分清晰，反应亦很敏捷。在我访问的三个多小时里，谈锋甚健，说起当年作品是怎样写的，哪个创作员什么性格，如数家珍。最后，他对我和李延国合著的新作《无衔将军》十分赞赏，并指出作品发生地菏泽文化深厚，是庄子的故里，而庄子是浪漫主义作家的鼻祖，那篇《逍遥游》震古烁今。

紧接着，他竟一字不差地背诵起来："北冥有鱼，其名为鲲。鲲之大，不知其几千里也；化而为鸟，其名为鹏。鹏之背，不知其几千里也；怒而飞，其翼若垂天之云……"

望着这位德高望重、老当益壮的军旅作家，我的眼睛蓦地有了一种热热的感觉，唐代白居易的诗句"游依二室成三友，住近双林当四邻。性海澄渟平少浪，心田洒扫净无尘"涌上心头。是啊，任凭时代迁移，世风变幻，真正的文化战士何曾沾染一丝一毫的世俗之气？而其心田就如他的名字一样，永远真诚明亮、澄净清澈……

2017 年 9 月写于济南、青岛

（原载 2017 年 11 月 6 日中国作家网）

"天容海色本澄清"

——《大刀记》作者郭澄清纪事

  一个雨后初晴的傍晚，我来到距离住处不远的青岛石老人海滨散步，顺便休整一下连日思考写作的身心。正值退潮时机，眼前一片舒展辽阔的天蓝蓝海蓝蓝，刚才还是云涌浪飞的"大自然"，转瞬之间已然平静下来，海阔天高、一碧如洗，令人神清目爽、心旷神怡……

  近来，我因接连写出几篇作家印象记的《"心田洒扫净无尘"——著名军旅作家李心田纪事》《亦师亦友亦兄长——我心目中的李延国》等文章，引起大家的关注与好评，认为是以充满感情的散文式的笔法娓娓道来，更加亲切感人，甚至建议我以在文坛多年的所见、所闻、所感，撰写一个系列作家群像。这不，又一位与我有缘、可以说亦是我恩师的著名作家郭澄清涌上心头。

  屈指一算，曾任山东省文化局创作办公室主任、省作协副主席的郭澄清先生去世已经28年了，可在我和许多了解、理解他的亲友弟子心中，感觉他并没有远去，而是像天上的星辰一样，始终闪烁着明亮的眼睛，关切地望着我们。只是由于种种原因，当代文学史对他的创作成就和文学地位严重低估了、忽略了甚至误读了。此时，面对着风雨过后海天一色的景象，我忽然想起了宋代文豪苏轼《六月二十日夜渡海》中的诗句："参横斗转欲三更，苦雨终风也解晴。云散月明谁点缀？天容海色本澄清。"

云散月明不用谁人点缀，长空沧海本应澄澈清明。在此，我愿尽绵薄之力，正本清源，洒水拂尘，将一位真实高尚的当代文坛大家郭澄清先生介绍给读者——

一

说起来，在我走上文学道路后遇到的第一位真正的著名作家，就是郭澄清先生。那是20世纪70年代中，我还是德州齿轮厂一名不到二十岁的青年徒工，酷爱读书写作，心中还是保留着一片文学绿洲，尽量找些硕果仅存的名著阅读并且尝试练笔。

好在德州小城政策允许，我初中毕业没有上山下乡，而是被分配进厂当了机械工人。舞文弄墨的爱好有了用武之地，我成了车间黑板报的宣传员，有空就来上一两篇，内容无非是鼓舞干劲的表扬稿、快板诗，今天看来没什么意思，却也是不可或缺的一种锻炼，并因此上了地区办的工农兵写作学习班，开始在当地报纸上发表诗文了。1975年夏天，震撼山东乃至全国文坛的长篇小说《大刀记》出版了，得知作者郭澄清就是我们的老乡——德州宁津人后，我不禁感到自豪且崇拜有加。

那年九十月间，在德州地区工作的父亲告诉我，大作家郭澄清回来了，住在德州军分区招待所里。因他们过去相熟，我就缠着父亲带我去向郭澄清老师见面请教。做父亲的都有望子成龙之心，也希望孩子拜个好老师写出点名堂来，当晚便带着我去了一趟。如今四十多年过去了，我还清晰地记得那个难忘的夜晚：他穿着一身蓝布中山装，中等个头，一张刀条脸庞略显疲惫，说着一口浓重的鲁北方言，手指里夹着烟卷。我按德州习俗尊称他为"郭伯伯"，他和蔼地笑着问这问那，勉励我多读多写，别脱离生活。正值新书"大火"的时候，他房间里来来往往客人不断，很难安静地说上几句话。告辞时，他送我父亲一套《大刀记》，第一卷是天青色的封面，一个头包白毛巾、身背系着红绸大刀的武装农民站在大平原上。

尽管交谈不多，可一个真正的作家形象在我心目中矗立起来了！由此，我对郭澄清伯伯更加崇敬，暗暗下着决心向他学习走这样的路……

郭澄清与我父亲是同辈人，1929年11月生于冀鲁平原上的杂技之乡——宁津县时集镇郭皋村，今属于山东省德州市管辖。贫困农家的苦难生活铸就了他坚强的性格和孝顺的品性。1946年，追求进步的他上了渤海军区青年干部培训班，入团入党参加了革命工作。新中国成立后当过小学教导处主任、校长，《宁津日报》总编辑兼广播站站长，公社党委副书记，县委办公室副主任、主任。20世纪70年代以来，历任山东省文化局创作办公室主任、山东省文化厅党组成员、山东省作家协会副主席、中国展望出版社特邀编委、亚洲文化开发中心顾问等职。1988年被评为文学创作一级职称……

这样一份寥寥数语的个人简历，涵盖了一位著名作家勤奋而光荣的一生。郭澄清的创作历程和成就，大体分为三个阶段：一是以《黑掌柜》《社迷传》《公社书记》等反映新农村新农民生活的短篇小说，并且培养带动了全县的文学创作，形成了独特的"宁津现象"。二是呕心沥血完成冀鲁边区军民浴血抗日的三卷本长篇小说《大刀记》，以及随之产生的种种喜怒哀乐、是非恩怨。三是病倒在床的他仍然笔耕不辍，偏瘫着身子顽强地整理、修订、完善旧作，并且创作一系列新作品。如果说在文学界有"生命不息、奋斗不止"的楷模，那么郭澄清先生当是典型人物之一。

早在新中国成立不久的1955年，年轻的郭澄清就以饱满的热情写出了短篇小说处女作《郭大强》，从此一发而不可收。面对着站起来的农民、农业合作化的乡村，数不清的新人、新事、新气象感染着他、激励着他。特别是进入了20世纪60年代初，为了更好地体验生活，写好作品，振奋精神，他向县委提出去基层工作的申请，被任命为公社党委副书记。本来就是农家出身的郭澄清扎根基层，与社员乡亲贴得更紧了，笔下也就更扎实、更生动了。对此，他曾在作家自述中讲道：

> 就这样，逐渐与一些农民交上了知心朋友，他们有什么心里话都和我说，有什么事都和我讲，不拿我当外人。这一艰苦生活我身临其境，亲身感受，所以也是我文学创作上的黄金时代。无数个相信党、坚定社会主义道路的英雄形象在我脑海中形成。我饿着肚子，勒紧腰带，白天劳动，晚上创作，一干就是一个通宵。有很多作品几乎是一气呵成。有的七八千字的短篇小说一夜就突击写完。最高峰的时候，一个月连续发表过五六篇短篇小说。《老队长》《女将》《蹩拉气》《茶房嫂》《男婚女嫁》《篱墙两边》等就写作于这个时期。

此外，郭澄清下乡工作时住过商业网点，访问了一些乡村供销社的先进人物，与其中的一部分建立了联系、交上了朋友。同时，他联想到村里的大队长就是下放回乡的商业职工，亲戚也在商店工作过。这些人、这些事给他留下了深刻的印象，通过回忆，把有用的东西记下来，把闪光的亮点写上去，创作了一篇描写农村售货员形象的小说《黑掌柜》，发表在1962年8月的《大公报》上。此作在结构上别出心裁：上来就是控诉商店缺斤短两，加之店员人长得黑，外号"黑掌柜"，让人误以为他是个黑心生意人。通过一系列细节，才发现是个误会：这是个业务精、热心肠的模范售货员。结尾是写告状信的人来赔礼道歉，原来是他老婆为攒钱故意把八两说成一斤。构思巧妙，人物鲜活，这成为郭澄清的短篇代表作之一，被选入《建国以来短篇小说选》和大学语文教材。

郭澄清在基层工作了一个时期，积累了丰富的生活感受和素材——其中有不少扎根群众、实事求是的社队干部形象，又调回县委担任了办公室副主任，经常跟随书记们下乡调查研究，听取各公社、各部门的汇报。他发现有的干部工作并不扎实，汇报起来却头头是道，便决心塑造一位说老实话、办老实事，与群众打成一片、作风好的基层干部形象。于是，郭澄清挖掘生活的源泉，展开联想的翅膀，以真实人物为模特，写出了短篇小说《公社书记》，寄往《人民文学》编辑部。当时有的编辑认为写得不像，主张退稿，主编兼作家严文井先生阅后却大加赞赏，认为这才是真正的共产党干部，力主发表在1963年《人民文学》第11期上，后被全国几个选本选载。其中一个细节让我记忆犹新：一位新来的年轻干部去找公社项书记，路上看到了为生产队推化肥的老农民，叫了一声"老乡"。后来才知道他就是项书记，感到不好意思。项书记却说："你没叫错，只把尾声加重叫'老项'就行了！"瞧，改变工作作风，密切联系群众，此作至今仍然有其现实意义。

类似的作品他还有很多，《春儿》《虎子》《老队长》《马家店》《小八将》《孟琢磨》《赶车大嫂》《嘟嘟奶奶》《社迷续传》，中短篇小说集《公社的人们》《社迷》，等等，不仅数量多，质量也十分过硬，堪称"农村题材短篇小说之王"。如果说新中国成立以来，赵树理、柳青、孙犁、浩然等人是写农民的高手，那么郭澄清的名字完全可以与他们并列媲美。尽管有人会说，那个公社化年代早已过时了、落伍了，但人们不能超越时代的局限，不能否定自己穿开裆裤的年月，任何时候都会有美好的善良的人性之光。郭澄清的小说就属于这一类佳作。

不仅如此，郭澄清还带动培养了一大批业余作者，其中的张长森、刘凤海、刘俊良等人均有佳作问世。宁津县也被评为全国文化先进县。1965年，全国青年业余文学创作积极分子大会在北京召开，国家领导人刘少奇、周恩来出席了开幕式。郭澄清作为特邀代表参加会议，并在会上做典型发言，发言稿刊登在《光明日报》上。这在某种意义上，是一个国家、一个时代对一个作家的高度认可与赞赏……

二

毋庸讳言，将作家郭澄清带到文坛和人生的高峰，同时又备尝酸甜苦辣的，还是那部凝结着无数心血，甚至类似曹雪芹写《红楼梦》"披阅十载增删五次"的长篇小说名作《大刀记》！

如此说来并非故作惊人之语。早在全国青年业余文学创作大会结束不久，中国青年出版社就决定约请郭澄清写作一部反映鲁北人民革命斗争的长篇小说，并专门派编辑来到宁津县待了一个月组稿。这对积累了家乡诸多抗日英雄事迹、经过了上百万字写作锻炼的郭澄清来说，不是难事。1966年，他完成了30多万字的长篇小说《武装委员》，交到出版社后颇获好评，很快打出清样设计了封面，准备出版。不料，"文革"开始了，作品出版胎死腹中。可那些鲜活的人物和故事，在郭澄清心中深深扎了根……

1970年春天，来自基层根红苗正的郭澄清，被调到山东省革委政治部任文艺领导小组的副组长，主抓戏剧小说创作。可他满心想的全是如何为读者写出好作品，感觉住在省城高楼里很不适应。不久，他就向领导提出了辞呈，要求返回老家宁津写作抗战题材的长篇小说。有人劝他："省城条件好，在这儿一样写书啊！"郭澄清摇摇头说："一来不回宁津，写不出那个味儿来；二来整天人来事往，既影响工作，也干扰写作。"就这样，他放弃了优厚待遇回到了老家，心无旁骛，正式开始了《大刀记》第一稿的创作。

好一个郭澄清，回到了家乡郭皋村的农家屋里，如鱼得水。一盘土炕、一张旧八仙桌、一盏煤油泡子灯，桌旁放了一个小筐，里边是一根根劣质的香烟和用烟叶自卷的烟卷，写作时烟雾缭绕，他曾经打趣地说："我这小说都是抽出来的。"尽管生活艰苦，但心情舒畅，文思泉涌，1972年夏，《大刀记》第一部《血染龙潭》就脱稿了。前来约稿的人民文学出版社谢永旺编辑看了，欣喜非常，认为："作品厚实，有独到的特色。语言尤见功力，以北方农村的口语为主加以提炼，又融入了古典文化和民间文化的韵味。农村生活场景和习俗同样具有浓厚的平原气息，显得爽朗开阔……"

同时他有一个担忧，在那个敏感的年代，一部写清末民初农民的苦难和自发斗争的故事能通过吗？谢永旺回到北京向出版社领导作了汇报。当时的总编辑看了之后也连连说好，但担忧是同样的。为了慎重起见，他们印了200册《血染龙潭》的"征求意见本"，交给当时有关部门征求意见。没想到，如同泥牛入海，再也没有回音。其实，这已是"有了意见"：政治上不过关。郭澄清毫不气馁，又回到老家一边修改，一边一气呵成写出了第二部《火燎荒原》，连同第一部共有100多万字。

机遇总是给予有准备的人。1975年，时任人民文学出版社负责人的严文井、屠岸、王致远等认为《血染龙潭》和《火燎荒原》出版大有希望，便急招郭澄清进京商量。为避免不必要的麻烦，他们忍痛将第一部拦腰砍断，32章只用了16章，作为一个"开篇"，然后拉长第二部，一起形成了后来的三卷本《大刀记》。尽管这违背了作者初衷，但为了能够出版，郭澄清只得作了妥协。责编谢永旺后来回忆道："虽说不无遗憾，却也无奈。书的出版获得了好评，尤其是得到广大读者的认可与欢迎。今天看来，仍不失为具有历史价值与审美价值的优秀之作。"

是的，1975年8月，在纪念中国人民抗日战争胜利30周年之际，人民文学出版社和山东人民出版社共同出版了郭澄清的长篇小说——《大刀记》（1—3卷）。立时在全国引起了很大的轰动，一再重印，总印数达到300多万套。四个版本的连环画也同时推出。山东广播电台率先制作了长篇小说播讲《大刀记》，每到连播时间，几乎万人空巷。同名话剧、电影均在积极改编排演中。一时间，郭澄清名满天下，蜂拥赶来采访的记者们却扑了个空。他像黎明到来隐去的星一样，悄悄离开了为改稿待了数月的北京，又回到了鲁北平原上的郭皋村。

这就是"郭大刀"（人们给数年经营《大刀记》的郭澄清起的爱称）的性格：一是他为人朴实低调，不张扬，二是他对腰斩第一部不满意，认为那是个残缺本。虽说此时他已是省文化局党组成员兼创作办公室主任了，但只是应个名，不在省城上班。从天而降的"大刀热"也没有使他冲昏头脑，而是在短暂的应酬之后，一头又扎在他的小土屋里续写新的作品《千秋业》了。这本是计划中的《大刀记》的第三部，反映站起来的农民走上新生，可惜他被"打乱"了史诗般的构思，只得重新结构一部新作。

三

1975 年底，郭澄清因数年来在极其艰苦的生活条件下写作、修改《大刀记》，他的身体严重透支了。1976 年 5 月 6 日，郭澄清轰然倒下，严重的脑血栓病让他昏迷不醒，被送进了公社卫生院。当地领导给予了高度重视，专门从省城最好的医院——山东医学院附属医院派出了心脑血管病专家前去就地抢救。

当时，我正以工农兵作者身份在省创办帮助编辑诗集。主持工作的是张云凤和任孚先两位副主任，都分头赶到宁津时集公社看望了郭澄清。当晚突然从宁津打来长途电话，急救药品"低分子右旋糖酐"没有了，必须从省城购买送去。郭老师的病情早就牵扯着我的心，我便积极要求前去送药。于是，一辆北京吉普 212 车拉着我抱上药箱子，连夜赶往宁津时集公社。那时没有高速公路，三四百里的路程，坎坷颠簸要跑上七八个小时，记得车到时集已是第二天上午了，我和司机水米没沾牙，抓紧把药品送到了卫生院。

因为连夜奔波送药来，为敬爱的老师治疗尽了一点儿力量，我感到十分欣慰，并且盼望他早日康复。可他病情太严重了，在各级领导的关怀下，马上转院到省城山东医科大学附属医院组织抢救。与人民打成一片的作家必然受到人民的热爱，救护车离开宁津时，得到消息的村民纷纷走出家门，站在街头，眼含着热泪送行。

经过山东医科大学附属医院也就是有名的省立二院特别医护小组的日夜守护、精心治疗，郭澄清终于从死亡线上被拉了回来，但由于脑梗死面积较大，留下了半身不遂的后遗症。

郭澄清先生的晚年是在省城千佛山医院病房中度过的。我去看望时，眼前的景象让人唏嘘不已，几乎落泪：他半躺半坐在病床上，胸前放着一张特制的小桌子，上面铺着一叠厚厚的稿纸，左手明显不管用，右手握着一管钢笔还在写作，见人来了，竟只能用嘴叼着笔帽插进去，才停下写作说话。可他的精神依然矍铄，谈兴正浓，说的全不是他的病情或待遇什么的，而是计划写什么作品。也就是在这几年里，他拖着病残之躯，整理出了《大刀记》被删减的部分，由人民文学出版社出版了《龙潭记》、中国青年出版社出版了《决斗》等长篇小说，并将优秀农村题材短篇小说重新修订出了集子《麦苗返青》，还写出了长诗《黑妻》、历史小说《纪晓岚演义》，等等。

难怪人们评价郭澄清说："简直是一个中国的保尔·柯察金！"当年苏联著名小说《钢铁是怎样炼成的》中的主人公保尔·柯察金，同样是在病床上克服种种困难，战胜病魔写出了传世杰作。"小车不倒只管推"这句表彰一心扑在工作上的先进人物的名言，用来形容当代人民作家郭澄清十分恰当。1989 年 8 月 10 日，劳苦了一生用笔奋战了一生的郭澄清，正是在病房里守着他的一堆稿子溘然长逝了，时年还不到 60 周岁……

近年来，在众多有识之士的呼吁下，国家和省市县有关部门逐渐积极评价了郭澄清的价值，再版了他的作品，建立了纪念馆，召开了研讨会，还把《大刀记》改编拍成了电视连续剧。我在山东文学社担任社长的时候，曾首次提出并积极促成了"郭澄清农村题材短篇小说奖"的征文评选工作。但这还很不够，还应该认真研究、积极宣传他的价值、意义和高风亮节，给后来的人们以有益的启迪。比如他像柳青一样多次谢绝调入大城市的机会，扎根农村深入群众；他的农村题材小说清新明快，反映了一个时代的农民精神风貌；比如他从不保守、真诚培养青年作者，也从不受威逼利诱、不拿原则做交易；他不顾重病在身，一直笔耕不辍……

本文完稿之时，正值夜深人静、万籁俱寂，我走到高楼宿舍的窗前向外望去，一天星斗闪闪烁烁，那里边是否就有老师的清澈而坚毅的眼神呢！如果他能够活到今天该多好啊，看看新时代中国特色社会主义的辉煌成果，看看老家宁津县郭皋村的日新月异——他当年写作的小炕桌、泡子灯早就进入了纪念馆，书写《大刀记》的鲁北平原上奔腾起插上翅膀的高铁动车。我想，假如能够看到这些，人称"用命写作"的老作家会兴奋地跳起来，布满皱纹的刀条脸上会绽开喜悦的花，连声说着："快给我笔，我要写，我一定要写……"

（本文原载 2018 年第 6 期《时代文学》）

【散 文】

"五月的风"

　　春天的脚步走到五月，已是暮春了，犹如徐娘半老，风韵犹存，早开的桃花、梨花、樱花、牡丹花大都收起了艳丽的笑脸。只有那一树树一丛丛的绿叶，兴高采烈地张开了青翠的叶片，在风中"哗哗"地鼓掌，就像岸边深绿色的海浪一样涌动。难怪古人创造了一个成语：春深似海。

　　是啊，春深了，也就是初夏降临了。这时候的风没有了冰天雪地的凛冽，也没有了春寒料峭的凉意，而雷公电母的狂暴还没有到来，呈现出一种平和、安静、舒缓的节奏。微微地吹在人们脸上、身上，如同妈妈的手指在轻轻地抚摸。诚然，这是大自然里的五月的风，与我写下的题目不可同日而语。

　　此刻，刚刚跨进五月的门槛，人们欢度了国际劳动节，又迎来中国青年的节日——五四青年节，我又一次来到了美丽壮观的青岛新地标——五四广场。面对着屹立在海天之间的那尊硕大、刚劲、炽烈的著名雕塑——五月的风，我情不自禁地肃然起敬、感慨万千。对了，这就是我要讲述的别样的"五月的风"。

它，整体染着鲜红的颜色，坚硬的钢结构拧成了"陀螺"形状，旋转着，上升着，直奔九霄云外而去。这与自然界的五月清风大相径庭，而是一场来势猛烈的暴风、台风、龙卷风。不用说，本文与雕塑家所表达的主题相同：它象征着1919年发源于北京天安门广场、波及全国各地反帝反封建的五四运动！从而改变了神州航船的进程，掀开了中国近代史的序幕。

为什么在远离北京天安门广场的青岛海滨设置这样的雕塑？听听当年五四运动的口号吧，所有的问号都会拉直：外争主权，内除国贼；誓死力争，还我青岛；取消"二十一条"……是的，我们美丽的黄海明珠青岛啊，在那个风雨如晦、长夜难明的年代里，是帝国主义列强争夺的宝地，是中华民族多灾多难的代表，是点燃五四爱国运动的导火索……

众所周知，1897年11月突发的"巨野教案"，使早就垂涎中国领土的德国政府找到了借口，悍然出兵占领了时称"胶澳"的青岛。有人说这个名字是德皇给起的，不对！它实际是从本地渔村而来，这是一个地道的中国名。也有人说，德国人建设了具有现代意义的城市，甚至连下水道都修得极好。诚然，他们为青岛建设下了很大本钱，但主观上绝不是为了中国人，而是建设自己的远东重镇，为其奴役与掠夺亚洲人民服务。

这一点一定要分清，西方列强侵略者的本性没有改变。他们虽然给青岛留下了一些具有异域风情的建筑和人文景观，但均无法弥补当年给中华民族带来的伤害和屈辱。而日寇魔爪也开始伸向这块丰腴肥美土地的时候，更大的灾难降临了。日本政府借第一次世界大战德国无暇东顾之时，乘虚侵占青岛。战后，因出动14万劳工大军支援协约国的中国也是战胜国，要求收回山东主权，不料所谓的巴黎"和平大会"竟在列强交易下将德国在山东占有的一切权利全盘转让给日本。

消息传到国内，举国震动。公元1919年5月4日，北京大学等学校的青年学生在天安门前集会、游行，慷慨陈词，声泪俱下，有人咬破了手指血书"还我青岛"！进而上演了"火烧赵家楼、痛打卖国贼"的一幕。很快，怒火燃遍全国，掀起了轰轰烈烈的影响中国历史走向的"五四运动"！极大地震撼了北洋政府和心怀叵测的官员，同时也声援了在法国的中国代表团，最后拒绝签字。

时至今日，五四风云已经过去整整100年了，可那熊熊燃烧的光焰，依然闪耀在历史的天幕上；那如山呼海啸的呐喊，永远回荡在世人的耳畔。五月的风吹遍了神州原野，激昂的青年学生奔走呼号，用年轻的热血维护了民族主权的完整。她不仅掀开了中国现代史的篇章，演变成高举"科学与民主"旗帜的新文化运动，也为中国共产党的诞生，以及真正赢得国家独立、民族解放打下了深厚根基……

如此，青岛与"五四运动"、与中华民族的命运紧密相连，成为令国人和世界瞩目的焦点。1997年，在改革开放的大潮中，青岛东扩，吹响了大发展的号角。市政府东移至浮山湾畔，建起一座城市中心广场，众望所归地命名为"五四广场"，而标志性雕塑"五月的风"就设在广场显著位置，形象地诉说着百年前那场震撼中外的疾风暴雨。

其雕塑者名叫黄震，是一位出生在安徽的艺术家，胸中涌动着浓浓的爱国情结。当青岛有关部门向全国招标广场雕塑时，他被一种浩大的力量推动着，积极参加设计了样稿。媒体公布后，他的设计得到赞同的选票最高，就连专家与各级领导都高度认可，一举中标。整座雕塑高30米，直径27米，重达650吨，采用螺旋向上的钢结构组合，以洗练的手法、简洁的线条和厚重的质感，表现出腾空而起的"风"之造型，充分体现了反帝反封建的爱国主义基调和张扬升腾的民族力量。

后来，他回忆创作灵感时说："小时候在家乡看到一阵小旋风起来，总要追上去踩，一踩风就卷出去了。联想到'誓死力争，还我青岛'，脑海中就出现特别大的一只脚，投身进去踩一下，变成席卷全国的风。我跟朋友说，这个作品非我莫属。童年潜意识对造型的认识，变成了我特别可贵的财富。我要把当年自然的风，踩着童年的感悟，用到创作中，固化下来，变成精神的风……"

不过，许多游人还是喜欢把它看成一簇高擎的火炬：白天映入视野的是火红色的外表涂层，晚上灯光一照更是红光一片，通体红透，尽染海天。这火焰以凝固的方式熊熊燃烧着，照亮了整个城市、照亮了人们的心灵和前进的道路。细思确有一定的道理：当年的那场劲风，也可以说风助火势，燃起了一个民族的激情。

而如果乘坐直升机从空中看，"五月的风"则像一只高速飞旋的陀螺。尤其在月朗星稀的夜晚、在空旷无人的广场上，她骄傲地挺胸昂首，仰天长啸，一刻不停永无止歇地旋转、旋转，如同安徒生童话中穿上"红舞鞋"的舞者。只不过，这样的旋转寓意着产生巨大的升力，将带动着我们的城市一飞冲天。

雕塑，是凝固的音乐，是立体的画卷。优秀的雕塑，都有着鲜明的个性，透过这种个性，可以直接观察到某一个阶段性历史的深度。钢铁的曲线、历史的风云、城与海的临界点，这些细节决定了"五月的风"呈现着进取的姿态，高扬着时代的强音，传递着民族的精神。它不仅仅有着艺术的美，更激荡着摧枯拉朽、改地换天的力量。

大自然的五月，姹紫嫣红，风和日丽，是被花开花谢的声音笼罩着的季节。一般说来，这个季节的风温柔绵软，抚摸着爱情的脸颊。而青岛五四广场上旋转的、红色的钢铁之风，吹拂着这个城市的过去、现在和未来。百年后的今天，中华民族已经昂然崛起，自立于世界民族之林！前不久，就在这里，我们刚刚举行了纪念人民海军成立七十周年海上大阅兵，来自60多个国家的海军代表团，以及部分舰艇前来参加庆祝活动。那个"有海无防"的年代、那些凭借"坚船利炮"进犯的列强一去不复返了！

如今，作为一名生活在青岛的文化工作者，我时常到五四广场上去散步、去瞻仰，永远怀念那些为了今天的美好时光而奋起呐喊、团结拼搏，甚至献出年轻生命的人们。我想，这座伫立在城市东部新区的硕大的红色风旋，就是新世纪的青岛人、山东人、中国人，向那些为了国土统一、民富国强的前辈们致敬的作品！它凝聚着先驱者的热血和精神，昭示着新中国、新时代青年前进的方向。

正在冥想中，一个脆生生的声音响起来："叔叔，请你帮我们照张相好吧！"哦，原来是两位背着行包的中学生模样的游客，正举着手机希望我帮忙拍照。"好！在哪儿照？""就在这座雕塑前，最好把全景拍进去。""没问题！"我爽快地答应着，前前后后地为他们寻找着最佳角度，看着镜头里年轻而自信的身影，鲜明地感觉到"五月的风"正在飞扬……

（原载 2019 年 5 月 18 日《人民日报》）

紧握的双手

巍巍青山下，滔滔龙江边，两位时代的巨人把双手紧紧握在一起，面容坚毅，目光炯炯地望向前方。一位头发略长，衣着洒脱；一位头戴军帽，腰系皮带。

这是人民军队和共和国的缔造者——敬爱的毛泽东主席和朱德总司令在朱毛会师广场上的雕像！

这尊高大峻拔、雄奇伟岸的青铜雕像，无言记录着曾经的叱咤风云。

不久前，我有幸来到素有"江南望郡""红色摇篮"之称的江西省吉安市。尽管这是我第一次踏上这片传奇的土地，但那句著名的"十万工农下吉安"一直萦绕在耳畔。

"物华天宝，龙光射牛斗之墟；人杰地灵，徐孺下陈蕃之榻。"唐代才子王勃书写南昌的《滕王阁序》中的名句，也完全适合吉安之城。这里涌现出唐宋八大家之一、北宋诗文革新运动领袖欧阳修，大义凛然、"人生自古谁无死，留取丹心照汗青"的文天祥、"小荷才露尖尖角"、开一代诗风的杨万里……俱往矣，今天则有国家跨境电商综合试验区，有由高速公路、昌吉赣高铁、赣深高铁和井冈山机场等组成的四通八达交通网，有生物医药、先进制造、绿色食品、先进材料四大主导产业，还有井冈蜜柚、有机茶叶、特色竹木等六大富民产业……

古往今来的吉安，丰厚的历史人文积淀铺筑起大道至简，强劲的改革春风激荡着沧桑变迁，真可谓一步一风景，一景一陶然。然而，最令我震撼难忘的，还是那耸立在吉安城西南方向的革命圣地——井冈山。新中国就是从那杂草丛生的羊肠小道，百转千回，披荆斩棘，一步步走上北京宽阔平坦的长安大街。

五百里井冈，苍松翠竹绿满天涯，红艳艳的杜鹃花如火炬燃烧，似在诠释"星星之火，可以燎原"的真谛。在这片红色热土上，艰苦卓绝的革命斗争持续了两年零四个月，不仅开辟了农村包围城市、武装夺取政权的成功之路，还为我们留下了一份宝贵精神财富——井冈山精神。

而今，这里保存完好的革命旧址遗迹有100多处，其中26处被列为全国重点文物保护单位，被誉为"中国革命的摇篮"。八角楼、黄洋界、挑粮小道、小井红军医院、井冈山革命博物馆、井冈山革命烈士陵园……每一处，都使我肃然起敬、心潮澎湃。

尤为值得追忆的，是那彪炳史册的朱毛井冈山会师。这天上午，刚刚下过一场阵雨，天空和大地仿佛被清水洗过一样，分外洁净清新，碧蓝的天上飘着几朵白云，路旁的树木草地绿得让人心醉。我怀着十分虔诚的心情，一步步走过横贯龙江的大桥，走进整修一新的会师广场，迎面映入眼帘的，自然是那尊屹立在高台上的"握手"铜像。

心切切，意绵绵，我疾步来到雕像面前，肃立抬头，久久仰望。两位伟人那简朴的衣衫上似乎还飘着战火硝烟，年轻且自信的面庞上闪耀着必胜的信念，两双大手紧紧握在胸前，犹如钢浇铁铸一般，凝聚着无穷的力量。在雕像身后，飘扬着迎风招展的红四军军旗，广场四周立着一根根银光闪闪的梭镖样路灯，远方则是郁郁葱葱的井冈山峦。

恍惚间，高台上的铜像似活动起来了，那充满了火辣气息的湘川口音响彻天地之间："山下旌旗在望，山头鼓角相闻。敌军围困万千重，我自岿然不动。""红军荟萃井冈山，主力形成在此间。领导有方经百炼，人民专政靠兵权。"立时，我的眼前红旗飘扬、人潮汹涌，当年硕果仅存却豪情万丈的革命队伍汇集成了滚滚铁流——

在那风雨如晦的 1927 年，轰轰烈烈的大革命失败了，坚强不屈的共产党人拿起枪杆子，向国民党反动派奋起反击。尽管寡不敌众，接连受挫，但百折不挠的钢铁战士依然战斗不已。毛泽东率领秋收起义部队到达井冈山，创建了中国第一个农村革命根据地——井冈山革命根据地。而朱德、陈毅则指挥南昌起义军余部和参与湘南起义的农军，辗转江西、福建、广东边境坚持斗争。龙游千里归大海，两支工农武装迫切需要握紧拳头。

几经周折，他们终于取得了联系。

在毛泽东领导的井冈山部队的接应下，朱德等率领部队，平安转移到井冈山下宁冈县砻市镇。

1928 年 4 月 28 日，指挥部队完成掩护任务的毛泽东回到砻市，听说朱德率队住在镇上的龙江书院，便立即带领几名干部赶来。得到消息的朱德、陈毅连忙迎出书院大门，与毛泽东亲切相见，热情交谈。随后，大家一道登上书院的文星阁，登高望远，指点江山——毛泽东介绍了井冈山革命根据地的主要情况，朱德谈了湘南暴动和部队转移上山的经过，众人还商定于近日召开会师庆祝大会。

这一天风云激荡，被后人定为著名的"朱毛会师纪念日"。

5月4日，胜利会师暨中国工农革命军第四军成立大会于砻市隆重举行。当时，共产党领导的军队有工农革命军、农民自卫军等称谓，缺乏统一的指挥系统，根据中共湘南特委的意见，朱毛会师后的第一件事就是整编部队，成立中国工农革命军第四军，不久改称中国工农红军第四军，简称"红四军"。

这是党的历史上第一支正式成军的革命武装力量，意义重大而深远。那么，这支队伍为何不称"第一军"、"第二军"抑或"第三军"呢？据考证，原因有二：一是为了继承国民革命军第四军"铁军"的威望，在大革命时期，"铁军"曾是党进行武装斗争的中坚，此次沿用番号是为壮大声威；二是可以迷惑国民党反动派，让其摸不清红军虚实。

那天，会场设在龙江东侧，一座小桥跨江而过，双方指战员通过此桥来到一块宽阔沙洲上，热烈地握手相拥。会台则是由禾桶、门板搭建而成，上铺一层晒垫（用于晾晒农产品的竹席）。一时间，红旗飞扬、梭镖步枪林立，1万多人汇聚于此，声势浩大，群情激昂。

曾受毛泽东委派前去联络朱德部队的湘赣边特委委员何长工，担任会师大会司仪。会议宣布：中国工农革命军第四军以朱德为军长，毛泽东为党代表，陈毅任政治部主任，下辖三个师，兵力达万余人，朱德、毛泽东、陈毅又分任第十、第十一、第十二师师长。

由此，毛泽东和朱德的名字，紧紧联系在一起，史称"朱毛红军"。

如今，吉安井冈山人民在原位置重建会师台和会师广场，在会师台前方，特意立起毛泽东和朱德双手紧握的铜像。

这一握，握住了时代脉搏。这一握，握住了历史风云。

这一握，握住了坚定信仰。这一握，握住了光明未来。

这是风云在握！这是力量在握！这是胜利在握！

正如见证了会师壮举的粟裕在《激流归大海》一文中所说："井冈山会师，两支铁流汇合到了一起，从此形成红军主力，使我党领导的武装斗争的大旗举得更高更牢。""对尔后建立和扩大农村革命根据地，坚决走农村包围城市的革命道路，推动全国革命事业的发展，产生了极其深远的影响。"

弹指一挥间，巨人的握手、历史的握手，已经过去了整整96年。当年那一握，风云际会，虎跃龙腾，为中华民族开辟出一片新天地。如今，我来到当年的党代表和总司令面前，深深地三鞠躬，再敬上一个标准的军礼！这既是对前辈的敬仰，也是表达由他们缔造的军队中的后来人，继往开来、世代传承的雄心壮志。

离开前，我恋恋不舍，一步三回头，看着眼前欢歌笑语声声响，城乡面貌处处新，早已日新月异、换了人间的吉安井冈山市，蓦然间，耳畔回响起一首诗词："掌上千秋史，胸中百万兵。眼底六州风雨，笔下有雷声。唤醒蛰龙飞起，扫灭魔炎魅火，挥剑斩长鲸。春满人间世，日照大旗红……"

（原载《党建》杂志2024年第2期）

站在古运河北尽头

一个雾蒙蒙的初冬下午，我来到了京杭大运河的最北端——北京市通州区的运河公园，循着一块标有"大运河遗产小道"的石碑的指向，怀着一种亲切而兴奋的心情漫步走去。一边是一排灰砖绿顶的仿古建筑，一边是长长的碧波荡漾的河道。

很快，一座古色古香的三跨式巨型中式木制牌楼矗立在我的面前，红柱金瓦，石基飞檐，上面醒目地刻印着四个漂亮的鎏金大字——漕运码头。正中对着河道的位置，树立着一尊小巧的汉白玉雕像；前面两侧，则蹲伏着两只威风凛凛的石头狮子，几面三角形的黄龙旗帜悄悄飘拂着。

哦，这里就是拍摄电视连续剧《漕运码头》的外景地，也是几百年前明清两朝向京城运送米粮物品的古码头。自然，由于斗转星移的消磨，早已变了旧模样，"舞榭歌台，风流总被雨打风吹去"，这是新时代的通州人借拍摄电视剧的契机，重新规划设计，再现古代运河风貌，打造出来的通州运河风景区景点之一。

迎着清凉的河风，我信步走向栏杆围起来的码头平台，站在那儿久久凝望着波澜不兴的河水。没有涛声，没有浪花，它就像一条温顺的鱼儿，静静地躺在那儿。由于季节的原因，来往的游客不多，几艘豪华漂亮的游船，也就失去了用武之地，无精打采地歇息在岸边。唯有掩映在远方树丛中的宽阔河道，以及车水马龙的宋梁路桥，告诉人们这里就是千里大运河的北头了。

好啊，终于看见你了！心弦不由得一阵颤动……

我的老家也是运河边上的城镇——鲁西北平原上的德州。我就是在运河边上长大的孩子。喝的是运河水，看的是运河景，走的是运河桥，自小与运河结下了深厚的感情。等到上学读书之后，方知道大运河太伟大了，它是世界上人工开凿最早、规模最大的运河，跨冀鲁平原，掠苏浙绿野，连海河，穿黄河，越大江，再接钱塘，是中国古代南北交通的大动脉，更是劳动人民创造的一项宏伟的水利工程。它的南头是素有"人间天堂"之称的杭州，而北端就是直达皇城、拱卫京畿的通州。

实际上，开掘运河的目的之一，即是为了从南方向北方、向首都调运粮棉等物品。古时没有汽车、火车，更没有飞机、火轮，只有马车、牛车轱辘辘地驶过黄尘古道，运送大宗物品十分不易，而利用河流、木船则省了不少力气。况且无论古代还是现代，水运都是运量最大、运费最便宜的。尽管隋炀帝、乾隆皇帝等人利用运河下江南，游山玩水，但更重要的是保证了南北交通，特别是北京成为皇都之后，南粮北运，万邦朝贡，更离不开大运河了。

诚然，我去过不少运河沿岸的城市：济宁、枣庄、淮安、杭州，感觉就像一条金线串起来的珍珠项链，熠熠闪光。可我却一次也没有看到过最北边的通州运河！说来令人汗颜。近二十年来，我曾不止一次地来到北京，或求学或出差或参观，总想会有机会的，就没有刻意前往，一直这样擦肩而过地拖了下来。直到今天，我们鲁迅文学院第二期高研班同学十周年聚会，老家就是通州的中国散文学会红孩副会长积极联系，通州区委宣传部热情相邀，才得以成行。

来了！我来了！

　　一条大河波浪宽，风吹稻花香两岸……

站在古运河最北端河岸上，望着眼前平稳流淌的河水，我的耳畔蓦地响起这支昂扬优美的歌曲。尽管她不是专为运河而创作的，也不是表现当下寒风凛冽的季节，可我心里还是自然而然回荡着那动人的旋律。因为运河与我们的长江、黄河一样，都是中华民族的母亲河！尤其元、明、清以来，从某种角度上讲，她就像一条长长的脐带，一头连着富庶的鱼米之乡，一头连着雄浑的首善之区，营养着北国的大地和国家的统一。

其中最显著的功能，就是"漕运"。对于现代人来说，"漕运"是个陌生的词汇，但在中国的王朝历史上，忙碌于京杭大运河之上的"漕运"，却是维持国家正常运转的一根生命线。用今天的话来说，它是朝廷利用水道调运粮食解往京师或其他指定地点的一种专业运输。目的是供宫廷消费、百官俸禄、军饷支付和民食调剂。漕运起源很早，秦始皇北征匈奴，曾自山东沿海一带运军粮抵于北河。汉建都长安，每年都将黄河流域所征粮食运往关中。元朝定都大都（北京），以及明清继之，更重视漕运，为此疏通了水网河道，建立了漕运仓储制度。总之，历代漕运保证了京师和北方军民所需粮食，并因兼带商货，成为沟通南北经济的桥梁和纽带。

大运河千里迢迢逶迤而来，北上京城，漕运抵达的终点，就是通州！经史学家考证：通州历史上叫过渔阳郡、潞县，真正定名通州则依据"通漕天下"和"漕运通济"的思想而来。元代北运河——京津一带称通惠河,开掘通航后,通州开始"编篱为城"。到明朝初年,大将军徐达委派部将孙兴祖督军用砖石筑通州城。这时的通州城周九里三十步,开四门。其中东门称"通运",西门曰"朝天"。可想而知,通州俨然就是为京师漕运而发展起来的。

过去,老北京流传着这样一句话:"漂来的北京城。"这当然不是说北京城从水上漂来,而是说建城用的材料是通过大运河的漕渠运来的。无论是元大都的建筑,还是明清京城的修缮,都需要大量各地的砖石木料。比如砖石就多来自离我家乡不远的地方——山东临清,那里不仅靠近运河,便于水运,而且土质细腻,烧出的砖石坚固结实;上好的木料则多采伐自江南的深山老林,在当时的生产力条件下,大规模运输也只能依靠水运。由此,在运河的运粮船上,加载砖石木料甚至人员物品就不足为奇了。

历史上的通州曾是河湖荡漾、舟楫竞发的景象。清朝时,每年要有几百万石漕粮,汇集通州的石坝、土坝,然后沿通惠河,经护城河,转运到京城仓库。800多年来,通州地区一直是漕运及仓储重地,素有"一京、二卫、三通州"之美誉。时光流逝,今非昔比。随着近代海运、铁路的通行,运河漕运的作用大大下降,有的地方早已出现断流现象。通州的河道自然也每况愈下,完成了它的历史使命。青草浸满的河坝上只剩下两旁的绿化带,依稀显示着当年的情景……

我的鲁院同学红孩,是位土生土长的"老通州",自小在这里玩耍、上学、参加工作,一路上不断地为我们介绍着城镇的变迁、民风的淳朴,言谈话语感情丰富,饱含了对家乡的依恋与热爱。此时他指着矗立在运河西岸的一座高塔,不无自豪地说:"那就是著名的燃灯佛舍利塔,一会儿我们就去那儿参观。"它始建于南北朝北周时期,距今已有1300多年历史了。塔身正南券洞内供着燃灯佛,故名燃灯塔。相传清朝时，经大运河从南方来北京的商人们，一看到它就会激动不已。因为他们经历了旅途的种种磨难，见到了塔就如到了通州码头，可以安全上岸了。清代文人王维珍有诗云："云光水色潞河秋，满径槐花感旧游。无恙蒲帆新雨后，一枝塔影认通州。"燃灯塔成了当时通州的标志。

如今，我站在这里——京杭大运河北起点，也是北尽头，东观一河流金，西望一塔高耸，抚今追昔，思绪万千，脑海依稀再现了清末诗人李焕文诗句描绘的情景："万斛舟停芦荡雪，百商车碾挂轮烟。鱼灯蟹火鸣征铎，惊起蛟龙夜不眠。"可是，眼前却与我想象的运河尽头、漕运终点的繁华大相径庭，尤其是在京城雾霾较浓的萧索天气里——考虑周到的通州朋友特意给大家准备了口罩，景色迷离，游人零落，有些怅然若失……

不过，转念一想也就释然了：历史之河波澜奔腾，一往无前，曾经盛极一时的"漕运"不可避免地被席卷而去，长江后浪推前浪，一代更比一代强，人们大可不必沉湎于淹没的辉煌中。前面说过，我是在运河边长大的，记得幼时一次跳入河中游泳，突然头晕目眩，极想抓住一只正在开行的船尾，不料逆流而上，那船儿越驶越快，根本抓不住。冷静下来，正视现实，转而游向了安全美好的岸边。笑看今朝：高铁动车风驰电掣，公路客货四通八达，飞机轮船一日千里，首都北京的脉搏每一次跳动都紧连着祖国各地，东大门通州也早已成为京城的一部分，根本不需要什么"漕运"了。只是，中华先人们的智慧和力量不能忘记，仍需一脉传承。

好啊！今天的通州人正是这样做的。据了解，新时代以来，一届届通州区委、区政府带领全区人民艰苦奋斗、改革创新，使古老的通州发生了日新月异的变化。仅以运河两岸为例，利用电视剧《漕运码头》的外景地，精心打造主题化的景观建设——将文化广场、生态公园，整合成休闲娱乐、观光旅游为一体的通州运河公园。进而以燃灯佛舍利塔为核心，发展滨河演艺走廊、文化艺术品交易中心、时尚艺术商品街、餐饮风情街。北运河西岸、新华大街以北地区，塑造由北关环岛至燃灯佛舍利塔的视觉走廊，布设丰富的商业文化设施，形成媒体广场和探梦中心。随着 2014 年 6 月 22 日第 38 届世界遗产大会宣布中国大运河项目成功入选世界文化遗产名录的喜讯传来，这里的人们和这片热土将更加光彩夺目。

暮霭越来越重了，眼前却似乎越来越明亮了，站在古运河的北尽头上，我的情感和思维的河流源远流长，永远没有尽头。新一代通州人正在从运河出发，与所有华夏大地上的人们一起，抖擞精神，风发意气，奔向波澜壮阔的时代大潮中，为实现美丽而宏伟的"中国梦"奋发图强。

"快走啊！老许，就等你了。"领队的红孩一声招呼，将我从遐思中唤回来，原来我的同学们都已奔向下一个景点了。

"好的，就来！"我一边答应着，一边选好一个位置，请旁边的一位游客用手机帮我拍下了一张照片。背景自然是运河北端的漕运码头，以及那一片平静而无声的运河水……

（原载 2017 年第 9 期《北京文学》）

琴声如诉

如同夏夜的湖畔，轻轻地吹来了一缕凉爽的晚风；如同开花的山野，汩汩地流淌着一条清澈的小溪……

生活在滚滚红尘中的人们蓦地感受到了那种沁人心脾的芬芳、清凉、恬静与温馨。哦！这就是至纯至真的音乐，这就是我国著名钢琴家殷承宗琴声的魅力和魔力。

前不久，一个仲夏的晚上，我应邀前往音乐厅聆听观赏"殷承宗钢琴独奏音乐会"。仿佛天公也知晓一场美妙绝伦的演出即将开始，迅捷地下了一阵"及时雨"，将燥热飞尘的城市清洗了一番。本以为不是流行歌星抑或时髦走秀，人们不会趋之若鹜。谁料仍有大批观众络绎不绝地拥来，其中不乏许多仰慕大师和醉心艺术的小小琴童。看来我们这个浮躁的世界还保留着些许应有的清纯。

而我，是怀着一种特别的心情前来的——十几年前，我在北京解放军艺术学院文学系学习时，曾潜心采访创作了一部长篇报告文学《人生大舞台——"样板戏"幕前幕后》。反响强烈，被全国许多报刊转载、连载，还获得了各种奖项，成为我的代表作之一。里边写到了出生于钢琴之乡厦门鼓浪屿、青年时代留学苏联并获得过国际钢琴大奖、"文革"时期又因一曲钢琴伴唱《红灯记》"走红"的殷承宗。

值得欣慰的是，他没有止步不前，而是利用时机创作演奏了响彻云霄、享誉世界的钢琴协奏曲《黄河》。殷承宗又回到了他所熟悉的钢琴天地里。1982年，他携全家来到美国定居，到处巡回演出，仍然一往情深地眷恋着哺育自己成长的祖国。不管走到哪里，他的节目单上永远印着"中国钢琴家——殷承宗"。他无时无刻不在盼望着重回国内登台演奏。历史驰进了20世纪90年代，改革开放的大门更加宽敞，殷承宗的梦想变成了现实。可我直到今天，才有机会现场目睹了他的精彩演出。

久违了，钢琴大师殷承宗。他穿着一身制作考究的深色燕尾服，里边那洁白的衬衣领上打着漂亮的蝴蝶结，端坐在漆黑锃亮的钢琴前。一双神奇灵巧的手在黑白相间的键盘上划动着，一个个优美动听的音符、一支支深情激越的乐曲回旋在偌大的剧院里边，震荡着每一位来宾的心弦。舒伯特的C小调小快板，传递出送别友人的忧伤和对未来的憧憬；德彪西的前奏曲——《帆》带给人一种难得的沉静，一只抛了锚的小船在湖面上轻轻荡漾，《安娜卡普里的山丘》则描绘出一幅幅生动纯朴的乡村风景画，牧童晚归，牛铃叮当……

殷承宗旁若无人地沉浸在自己的演奏中，身体随着音乐的起伏微微摇晃着，饱经风霜的脸庞面沉似水，只有紧抿的两片嘴唇轻轻颤动着，仿佛在诉说着什么。是啊，此时琴声就是他的心声。全体观众平心静气，如醉如痴地倾听着、享受着琴曲的优美、灵魂的净化。刹那间，我的眼前出现了幻觉，似乎看到了身穿灰色中山装、胸佩毛主席像章，正在台上为小铁梅钢琴伴唱的殷承宗。啊！岁月如歌，青春似梦。他的不平常经历为艺术和人生做了最形象的诠释：一个人不管遇到什么风浪，只要永不放弃心中的追求，就不会在命运的河流里下沉。

"哗——"一阵响亮的掌声把我拉回到现实，原来是一曲终了，殷承宗站起来向大家鞠躬致谢。在明亮的幕前灯照射下，我久久地凝视着他的面孔：少了几分当年的冲动和稚嫩，多了一些而今的沧桑与成熟。

我很想听听他演奏的《黄河》，可惜没有大乐队协奏，未能如愿。但最后从他指间飞飘出来的《都有一颗红亮的心》和《春江花月夜》，还是使我们大家怀着巨大的满足感走出了音乐厅。感谢远道而来的殷承宗先生，为喧嚣的城市献上了一场高雅纯净的音乐会。她使我们感到夏夜是如此美丽，生活是这样美好……

（原载 2006 年 8 月 11 日《齐鲁晚报》，收录进 2014 年敦煌文艺出版社出版的《琴声如诉》）

梅花香自苦寒来

夜静更深，万籁俱寂。面对电脑荧屏上署名王梅芳的散文集《岁月深处的小巷》，我没有一丝倦意，一章一篇读下去，一字一句动人心，竟深深为之吸引、欲罢不能了。那优美隽永的语言、那绮丽丰富的想象、那朴实深刻的哲理、那悲天悯人的情怀，宛如春风里的一泓碧水，从遥远的青山翠谷中奔流而来，轻轻拍击着我们心中最柔软的部位……

这是一位从未谋面，也是一位以她的人品和文品深深打动我心弦的青年女作家。今年五月的一个早晨，我刚刚走进办公室，接到了远在黄海之滨的老朋友——山东省作协副主席兼日照文联主席、著名作家赵德发的电话：说他的一位莒南老乡王梅芳，喜爱文学，文笔很好，但经历坎坷、家境贫寒，现又不幸重病住院，能否帮助她出版一部文集。我当即表示马上与有关部门联系。

就这样，王梅芳和她的亲朋好友通过无形的电波与我相识了。

不久，一部饱含人间真情和造化神秀、散发着浓郁乡土芳香的文集书稿发到我的电子邮箱里，请我审读并为之作序。说实话，类似的事情数不胜数，我本身才疏学浅、工作繁忙，往往予以婉辞。然而此次我却有了一种神圣的责任感，无论如何也要尽心尽力帮她做好这件事情。

读罢全书，掩卷沉思，一个鲜明而醒目的标题涌入我的脑海：梅花香自苦寒来。严格来讲，这个标题不太新鲜。明眼人一看就知道出自古人名联：宝剑锋从磨砺出，梅花香自苦寒来。古往今来，不知多少文人墨客引用过它们。可是，当我深入了解并理解了王梅芳的人生及文学路程之后，还是固执地认为用其作序言之名最合适。其中不仅巧合地嵌入了王梅芳的名字，而且生动形象地映照出了她艰辛而执着的追求……

是啊！"风雨送春归，飞雪迎春到，已是悬崖百丈冰，犹有花枝俏。"梅花的芬芳是在迎风斗雪中盛开怒放的，这与本书作者的品格文风何其相似乃尔！

王梅芳出身于沂蒙山区莒南县的一个贫寒农家，高考时因为迷恋文学，偏科严重，差几分名落孙山；后来她到城市里打工——当过保姆、书社店员、书画报编辑……养家糊口，嫁人生子，瘦弱的身躯、素雅的衣着，戴着一副近视眼镜深一脚浅一脚地跋涉在滚滚红尘之中。用她的话讲："我给个人老板卖过成衣，因为不会招揽生意而被炒了鱿鱼。给好友父亲的小店卖过电器，寄住在好友的小屋里，享受着友谊的美好。当过食堂会计，吃过顾客吃剩的饭菜。装裱过字画，氤氲在纸香墨韵里乐而忘返。做过四年发不上工资的书画报编辑，结识了一大批天南地北的书画友人。几年来，居无定所，食无定点，饱尝了'断肠人在天涯'的百般滋味。"

然而，不管生活怎样艰辛、命运怎样不公，她酷爱文学的志向始终不渝，向往真善美的头颅永远昂扬。哪怕是寄居在人家低矮的草棚里，她也是"半床明月半床书"，手不释卷、如饥似渴地学习着、奋斗着。苍天不负有心人。她的努力终于得到了缪斯女神的青睐。二十多个冬去春来，王梅芳自学成才，诗文也越写越好，陆续发表在省市及全国报刊上，引起了众多读者的共鸣和喜爱。为此，她成为山东省作家协会会员、获得了"临沂市十佳诗人"的称号，出版了诗集《红孩儿花》《雪落梅园》、散文集《走过山坡的小木屋》，等等。如今，这部《岁月深处的小巷》又在她重病卧床之际，由许多爱惜她、关心她的朋友们热情相助编辑成册了。

纵览精读一遍，我发现大都是她近几年的新作品，大约一二百篇，分为《故乡一直在下雪》《记得那人同坐》《在时间里，我们都是流浪的孩子》《信念是一条开花的路》《美丽的眼泪》《追随着一条河流的脚步》《蒲公英和狗尾巴草》等七个专辑，前两辑多是关于故乡和亲人、友情与爱情的吟咏，后四辑则是对时光如流、人生真谛的思考，以及心灵中天涯芳草的憧憬。最后一辑是童心未泯、寓意深远的童话故事。每篇均在千字左右，最长者不过三千余字。当你屏息静气读过之后，你的心扉会被深深地震荡，你的灵魂会感到一种净化。王梅芳从普通的一草一木、一枝一叶中观察体味到深刻的人生哲理，用恰如其分且如泣、如诉、如歌的词句描绘出人间万象。看得出来，她具有深厚的古典和外国文学素养，结合当代文化和自己的感悟，融会贯通，提炼出诗画一样精致的文笔，称之为"美文"不为过也。

我们知道，看一篇文章首先看它的语言。好的语言引人入胜、回味再三，反之则味同嚼蜡、不忍卒读。毋庸置疑，王梅芳的作品属于前者。请看她是怎样描写观看费翔演唱会的情景："无数条荧光棒挥舞着，无数颗心狂跳着，为费翔那温暖明亮的歌声，为费翔那苍凉哀伤的歌声，他蓝眼睛里的哀怨也许比嘴角的笑容更迷人，他天籁般歌声里的苍凉也许比人间的温暖有着更动人的力量，但我们宁愿他的脸上永远充满微笑，他的声音里没有一丝流霜。"（《听费翔》）。

再请看她这样讲述自己的故乡："犹记小屋边爬满藤蔓的篱笆上，泊着故乡的黄昏。一支红蜻蜓飞来了，收拢起羽翼间最后一抹夕阳的淡金，伏在篱笆上静静地不动。越来越暗的暮色里，一个女孩站在那儿等了好久，等蜻蜓睡着了，才屏住呼吸，轻轻地伸出小手。但红蜻蜓还是飞走了，像一道小小的闪电，唰地一下就不见了。多少年后，红蜻蜓却飞进了我的梦里。她穿越了多少丛林山谷，跋涉了多少湍急的河流，才找到这里？红蜻蜓已不是原来的模样，故乡却还是我的故乡。"（《故乡一直在下雪》）。啊！多么清新、多么流畅、多么美丽，让人一咏三叹，拍案叫绝。类似的文字在文集中俯拾皆是，不能说字字珠玑，却也是句句生花。

此外，王梅芳细腻、敏感、多思，穷且益坚、不坠青云之志。她有一种本领——从人人眼中有却心中无的凡人小事中捕捉到稍纵即逝的情感、透视并升华到人生哲理的高度。老同学聚会欢庆一堂，可她却感受到了另一面："去前数夜无眠，浮想联翩，以为世路多艰，联系上了，从此不是亲人胜似亲人。但人们说散就散了，好像一把沙子撒入大海，除了几串不动声色的电话号码，我们之间再没有了任何维系。我怅然地站在那儿，心里空空茫茫。如果一直不见，心里不会有这么多失落，也不会有这么多不舍。如果有了联系方式而不再联系，便有一种被遗弃和冷落的不安。"（《岁月深处的小巷》）

再比如她看到一颗豆子在浴室地缝里发芽、长到几十厘米高死去了，竟产生出这样一段思考："轰然倒下的刹那，我的心中充满了对它的敬重。在这样不堪的天地里，它活出了坚强的美丽。在无法选择之中活出一个不屈的过程，不谢荣于春风，不叹哀于秋天，这是一种尊贵的自信。活过了，努力过了，尽管没有抵达终点，但谁说它的人生之路不是奋发向上的呢。也许错误的萌芽带来徒然的挣扎，留下幻灭的痛楚。也许盲目的投入燃尽了岁月的火炬，没有抵达就已经结束。但逆境里的奋争，是一首最动听的歌，有了一颗不屈的心，什么奇迹不可以发生呢？"（《信念是一条开花的路》）寥寥数笔，分明就是作者人格的真实写照。

当然，贯穿整部文集最亮丽的部分，还是王梅芳那同情弱者、追求美好的高尚情怀。也许因了她本身就是一个柔弱女子，一个来自生活底层的诗人作家，饱尝了人情冷暖、世态炎凉，所以对社会上那些更加孤单无助的人给予了无限的同情与理解。城市中午马路边上歇息的建筑民工，饭店里手指冻得像胡萝卜一样的服务员，婚姻不幸独自带着女儿艰难度日的女友，还有穷困潦倒四处打工为生却迷上诗歌的乡村作者，等等，都在她的笔下表现出他们的善良、朴实、正直和真诚，她呼吁这个丰富多彩的世界给他们一些应有的温暖与关爱。

其实，她自己何尝不是如此呢？尽管尘世纷扰、境遇险峻，可她一刻也没有放弃美轮美奂的理想。"路漫漫其修远兮，吾将上下而求索。"她神往《红楼梦》中林黛玉的才华、与诗书做了闺中伴，却少了些苏州少女多愁善感的忧伤。她仰慕写"撒哈拉沙漠故事"的三毛，为了梦中的橄榄树流浪远方，则多了些渴望生活、自立自强的悲壮。如同一朵白莲，出淤泥而不染；恰似一枝蜡梅，俏山野而凌霜……

如此说来，王梅芳的散文就"十全十美"了？不，即使再嘹亮的夜莺也有些许不和谐的音调。我们从文中的缝隙里还是读到了某种不足，比如个别比喻意象的重复，缺少宏观展望的大气磅礴，有时调子略显低沉，等等，如再着意打磨一下，她的艺术感染力会更强。不过，白璧微瑕，瑕不掩瑜。这本《岁月深处的小巷》堪称一部美丽的作品、诗情画意的作品。

亲爱的读者啊，请你暂且放下手中的酒杯、停下旋转的舞步，来读一读吧，读一读这些美文，你的心灵会像被细雨白云擦洗过的蓝天一样纯净透明，你会感到人生真美好、青春永不老！无论世上多么繁杂迷茫，总会有些让你心弦颤动、眼睛湿润的东西涌现出来、留存下去，直到"天长地久""地老天荒"……

我衷心祝愿本书作者王梅芳早日恢复健康，为爱你的人和你爱的人们写出更多更美的诗文。行笔至此，耳畔忽而飘来一首过去的老歌，那么悠扬那么深情那么坚强，犹似天籁：

> 雪花飘飘北风萧萧，
> 天地一片苍茫；
> 一剪寒梅傲立雪中，
> 只为伊人飘香；
> 爱我所爱无怨无悔，
> 此情长留心间……

（原载 2006 年文集《岁月深处的小巷》）

北川的雄起

　　时光就像一个魔术师。它可以医治创伤、抚慰心痛，也可以溶化苦难、重塑新生。是的，一切都会过去，但过去的一切却永远不会忘记……

　　转眼间，"5·12"大地震已经过去整整10年了。2008年5月12日这一天就像一颗钉子似的，牢牢地扎在人们的记忆里：天崩地裂、全国救援、子弟兵情怀……

　　其中，印象深刻的还有"雄起"一词。"雄起！"用四川话说出来，特别有劲儿。其作用为加油助威、激励人们奋勇而上。同时，也包含崛起之意。古人云："蒙古生性强悍……北魏、元代皆雄起北方者"，就是这个意思。现代则由成都球迷喊响球场，进而传遍全国。

　　惊天动地"5·12"之后，"中国加油！四川雄起！"的口号声，一时间成为时代的最强音。而今我重返当年重灾区北川，面对一座在平地上崛起的崭新县城，心潮澎湃，真想振臂大喊一声："北川雄起！雄起北川！"好像此时此刻，这八个字最能说明眼前的一切。

那一年仲春时节，我与我们山东同省作家赵德发，还有李鸣生、常莉、鲍尔吉·原野、张继合等人应邀前往绵阳以及所属的平武、江油、安县、北川等地，参加"中国作家创作采风活动"。

这是由绵阳市委、市政府主办，市委宣传部、市文联承办的。旨在邀请全国曾经前来采访过的作家，以及担负对口援建的山东、河北、河南、辽宁等四省作家代表重返绵阳，感受灾后翻天覆地的巨大变化、灾区人民重拾生活信心的精神风貌和全国各地大力支援的动人事迹。用散文、诗歌、报告文学等文学形式充分展示绵阳人民顽强拼搏、奋发有为的改革创新意识，激发人们的爱国热情、感恩情怀和奉献精神。

恰巧，我那部历时一年采写的反映山东人民支援北川的长篇报告文学《真情大援川》正式出版了，并列入《人民日报》发表的"中国文学年度发展状况"好评作品。带着这部新作和重返故地的心情，我和老朋友、老同事赵德发登上了飞往成都的班机——2008年大地震发生不久，我们就曾一起奔赴北川采访体验。两年后，我又单独前来采访写书。这次已是三进绵阳北川了，负责接机的绵阳文联创研部雨田主任，早已等候在机场外边。他性情率真、爽朗，身穿大红衬衫，留着一把大胡子，一派艺术家风度……

随着轿车在成绵高速公路上飞驰，我们打开了话匣子。雨田是位诗人，也是位摄影家，说起话来有声有色，有情有义，使我们一踏上巴蜀土地，便开始了采风与采访。实际上，我与绵阳的作家诗人已经是老朋友了。前两次来川时，绵阳市文联书记、作协主席、《剑南文学》主编等人，都给予了我热情的款待和帮助。2009年5月，我主编的《山东文学》还专门组织编选了《纪念"5·12"特大地震一周年绵阳北川作家作品专辑》，集中发表了他们的作品，其中就有雨田的诗作。

按照计划安排，此次活动内容是：深入绵阳平武县南坝镇，平通镇，江油市李白故里、纪念馆，安县辽安工业园，北川新老县城，新北川中学等地现场感受，听取有关方面的灾后重建汇报和采访相关人士。来自北京和各省市的作家们各有侧重，我和赵德发自然把重点放在山东省援建的北川了！

这天中午在安县用过午餐，我们一行乘坐的旅游中巴车驶进了位于永昌镇的北川新县城。立刻，大家的目光像被什么东西吸住似的，全神贯注地盯着车窗外。由此看出主人的刻意安排：整个采风采访活动至此达到了高潮。一座整洁漂亮，既有现代城市功能，又洋溢浓郁羌族风情的城市展现在面前。尤其是我过去曾两次前来，见证了它的前世今生，就更惊叹不已了。

2008年9月，我和赵德发首次来此，听说新北川将建在安县板凳桥附近，特意让汽车停在桥头上，照了几张纪念相片。那时这里还是一片荒凉的河滩地，只在远处有几排临时板房。后来，经过严密的规划论证，新县城终于由国务院批准，就确定建在离此不远的安县安昌镇和永安镇之间。胡锦涛同志亲自将它命名为"永昌镇"，蕴含着永远繁荣昌盛的祝福。2009年12月，我再次前来采访山东援建者事迹时，这里已经变成了一片轰隆隆的大工地。各种工程车辆出出进进，上百个项目同时建设……

而现在，山东对口援建的交钥匙工程早已结束，新北川已经昂然崛起在中国西部的地平线上了！一个个美观舒适的居民小区，一条条宽阔热闹的商业街，一座座功能齐全的学校、酒店、办公楼，红墙灰顶，羌族碉楼，千姿百态，好似一夜之间冒出来的童话般的城市！

我们的汽车停在一座挂满红灯笼的牌坊前，上书"北川巴拿恰"，这是羌族集市的意思，是县城最繁华的商业街。两边全都是经商店铺，一家挨着一家，工艺品、土特产、饭店酒家，应有尽有。游客人来人往，甚是热闹。特别是在入口处镶着一块大石板，雕刻着"泰山石敢当"几个大红字，彰显着一缕山东援建者的风采……

我走进一个个店门，与经营者攀谈。他们大多是北川当地人，过去就在老县城里经商，大地震把家园毁了，现在政府的政策好、全国来支援，都表示一定要重新站起来。特别是那家名为"羌山妹巴适古"的店铺，店主是一位30来岁的女士。她的家就在老北川城，几位家人还埋在坍塌的楼房里，起初受不了，整天只是哭。后来想开了，咬紧牙关生活下去，她先是在擂鼓镇的板房里开了个小店，新县城建好了，又租下这个门面经营起来。听说我来自山东，她眼睛一亮，满口感谢山东人帮助建起这么好的商城，生意越来越红火。

好啊，如今的北川人脸上再也找不到一点悲伤、茫然的影子，与祖国各地同胞们一样，高高兴兴地生活在阳光下，忙碌在春天里……

由于时间有限，我们走马观花地离开了"巴拿恰"，上车来到了新北川中学。"北中"曾经是全国注目关心的地方。几年前毁于大地震，一千多名师生遇难。温家宝同志多次前来视察，还在临时教室里写下了"多难兴邦"的题词，给全体师生乃至灾区人民巨大的鼓舞。

说来也巧，我们第一次来北川时，就专门到老北中校址凭吊，看到了它的毁灭。同时也来到设在绵阳的临时办学地长虹集团培训中心，并且遇到了温家宝同志参加北川中学2008年秋季的开学典礼，体察到了它的不屈和复苏。今天，又走进由中国侨联援助、重建竣工并启用的新校园，见证了它的新生……

一座座漂亮的教学楼里，隐约传出琅琅的读书声。操场上，上体育课的学生们正在打篮球和乒乓球，偶尔响起几声"好球"的欢叫。校长和党支部书记匆匆赶来迎接作家们。当年，党支部书记曾带领我们参观过临时校址，由衷感谢青岛援建者突击建起了板房校舍，给惊魂未定的学生们一个安稳的家，顺利完成了当年的高考。二位校领导引领着我们一边看，一边介绍着新学校。

下课了，三五成群的中学生说笑着走来。引起我特别注意的是：那时时常会看见摇轮椅和拄拐杖的学生，均为在地震中受伤不得已而截肢的，脸上呈现出与年龄不相吻合的忧伤与凝重。如今，新校园里却再也看不到这种特有的现象了。难道他们都转到残疾人学校了？针对我的疑问，两位校领导会心一笑，解释说："截肢学生基本上都装了假肢，经过康复锻炼，能够像正常人一样站立行走了！不仔细辨认，是看不出来的！"

啊，真是太好了！我的心里蓦地一亮：这不是最生动的浴火重生的象征嘛！一度跌跌撞撞的学生、破损的学校和呻吟的北川，在全国人民的关怀下，经过自强不息的努力，重又雄起了，迈开双腿大步前进着……

夕阳西下，依依不舍地告别，我们踏上了归程。回身望着山东省对口援建，以及全国各界大力支持的新兴城市和充满希望的绿色原野，仿佛一部电影中最后的一幅画面，我的眼前冉冉升起了字幕。哦，那是一位北川人写的一首小诗：

> 那天，两点二十八分以后，
> 我怀疑我是否还活着……
> 无数声音轻唤着，
> 挺住，北川，
> 雄起，北川！

沂蒙山的小调环绕着我，
趵突泉的泉水滋润着我，
泰山石的坚韧激励着我，
孔子学院的书声感染着我！

无数双手轻托着我，
我的身上流淌着齐鲁兄妹的血呵！
我确信，我又活过来了，
我是北川……

（2018 年 5 月 1 日《中国文化报》）

读者·作者·编者

    时间过得真快啊——年轻时常常发出这样的感叹，却并未真正懂得珍惜，而是总觉得日子还长着呢。现在年轮走过了一个甲子，才感到时不我待，去意徊徨，生命的太阳已经过午了。这就像宋代大词人辛弃疾所说，"少年不识愁滋味，爱上层楼。爱上层楼，为赋新词强说愁。而今识尽愁滋味，欲说还休。欲说还休。却道天凉好个秋"……

    似乎只是一眨眼的工夫，又是十度春秋过去了。2010 年我们编辑出版庆贺《山东文学》创刊六十周年纪念刊的情形，还清晰地闪现在眼前的时候，2020 年，迎接《山东文学》七十周年华诞就扑面而来了！接到现任主编、山东省作协副主席刘玉栋的约稿电话与微信时，正在海滨工作室写作的我，立时激荡起海浪般的思潮。

    作为一名在齐鲁大地上成长起来的作家，《山东文学》——这份伴随着新中国成立的礼炮诞生、创刊于 1950 年的文学期刊，在我心目中位置是十分重要的。可以毫不夸张地说，我之所以走上文学生涯，并且一直坚持到底，还取得了包括鲁迅文学奖、华东地区优秀期刊工作者在内的一些成绩，与它有着直接而密切的关系。从头翻检个人的"文学履历"，那上面鲜明地显示着这样一行大字"读者·作者·编者"。

回想20世纪70年代，我还是一个初出茅庐、喜欢读书的小青年。与许多血气方刚、耽于幻想的年轻人一样，狂热地爱上了诗歌、散文。"文革"期间，我从一位亲戚家的床底下发现了一摞已经发黄的《前哨》（《山东文学》之前用过的名称），遂借来如饥似渴地阅读着，上面有小说、诗歌、散文和报告文学，还有小剧本、曲艺作品，那时候的文艺刊物堪称包罗万象。我成了一名《前哨》热心读者。可惜的是，当时不能公开阅读，只能躲在一边悄悄欣赏。

十六岁那年，由于我是家中长子，按当时政策可以不用去"上山下乡"，被分配到德州齿轮厂当了一名工人。工作之余，读书写作的爱好有了用武之地，我自告奋勇写黑板报，人称"黑板报作家"。有一天，看到《大众日报》上刊登了一条"征订启事"：《山东文艺》（《山东文学》之前用过的名称）复刊试办，欢迎订阅。哈！我高兴地跳起来，立即骑上自行车跑老远的路，到邮局订上一份。每期必看，从头翻到尾，既愉悦身心，又可参考学习，看得多了，自己也尝试着写作，期盼当一名作者。那时候报刊种类较少，《山东文学》和《大众日报·文艺副刊》便是山东业余作者的圣地，如果能够在上面发表一篇作品，哪怕是几句小诗，也会欣喜若狂、大受鼓舞的。

大概是在1978年5月，我多年不懈的努力终于有了结果，精心写作的一组短诗《难忘的岁月》（两首）——《弹壳笔》和《独轮车》，登上了《山东文学》诗歌栏目。那是我去北京参观中国人民革命军事博物馆时，面对战争年代的革命文物，心潮澎湃，有感而发，当时的《山东文学》副主编苗得雨老师给予了极大的好评和鼓励。由此，更加坚定了我走上文学创作道路的决心。后来，我参军来到原济南军区空军工作，积极深入航空兵、雷达兵等部队体验生活，尤其考入解放军艺术学院文学系，系统扎实地进行了理论学习与创作实践之后，作品无论是数量还是质量，都有了不小的提高。

其间除了向《解放军文艺》《解放军报》《人民文学》《中国作家》等报刊投稿之外，《山东文学》仍然是我主攻的"阵地"，我陆续发表了《蓝色的征途》《寻找昨天》等一些诗文。因为不管是在德州工作，还是在济南工作，在地方抑或是步入军营，我首先是一名山东的作者，立足齐鲁大地是根本。事实上，不仅仅我是这样，几乎所有生活在泰山南北的文学爱好者，最看重的期刊都是《山东文学》，包括一些后来成名并在全国产生影响的专业作家，大都是从这里走上文坛的。因为，新中国成立之后，除了《人民文学》之外，有条件的省、自治区、直辖市也在各地办起了文学刊物。我们的《山东文学》就是最早的一批，代表着本省的文学队伍、阵地和窗口。

山不转水转。1991年，我从部队转业来到了山东省作家协会，一心想搞业务。时任山东省作家协会副主席、《山东文学》主编的邱勋老师欢迎我到《山东文学》工作，而且一改军转干部难以安排实职的先例，任命我为《山东文学》编辑部副主任。从此，我与《山东文学》更是结下了不解之缘。由读者、作者到编者，我的文学旅程转换了道路。我在《山东文学》一干就是整整二十年，由编辑部副主任、主编助理、副主编、党支部书记一路走来。2006年，被山东省期刊协会授予"山东省优秀编辑奖"。说真的，我在文坛上得过各种大大小小的作品奖，但我很看重这个奖项，因为这是对我编辑工作的认可、褒奖与激励。

更大的考验是在 2008 年，前任社长、主编退休，省作协党组决定由我接替他，先任执行副主编，后任法人代表，实际就是做主编主持全面工作。"不当家不知柴米贵"，陡然感觉肩上增加了沉重的压力。众所周知，自二十世纪九十年代中期开始，《山东文学》在全国文学期刊中被率先推上了改革的潮头。经费停发，编辑流失，特别是纯文学期刊受到商品经济大潮的冲击，步履维艰。在作协党组、主席团和各兄弟部门、广大作家积极的支持、帮助下，我义无反顾挑起了这副担子。

功夫不负有心人。经过一番努力，《山东文学》在十分困难的情况下，迎来了一个新局面。我们的脚步不但没有被挡住，刊物一直正常运转，保证了各项工资、福利正常发放，稿件质量还上了一个台阶，被《小说选刊》《小说月报》《散文选刊》《诗选刊》等选载多篇作品，创造了历史新高。年底，《山东文学》荣获"山东省第六届优秀期刊"和"华东地区优秀期刊"两项称号。我们捧着大红奖状，心潮澎湃，眼眶湿润，真不容易啊，总算交上了一份还算合格的答卷。

一晃来到了 2010 年，《山东文学》迎来了创刊六十周年的纪念日。一个甲子，当为大庆。此时，我经过民主推荐、组织考察、大会选举等程序，当选了第六届山东省作家协会副主席、文学期刊及编辑出版委员会主任，仍然兼任《山东文学》杂志社社长，同时聘请山东师范大学博士生导师、著名评论家李掖平教授任主编，这大大加强了山东文学社的力量，分担了我的压力。我与李掖平主编分工合作，携手并肩，借纪念创刊六十周年的契机，改革创新，与某企业联合设《山东文学》奖、实行期刊签约作家制，筹备创刊六十周年纪念刊和纪念大会，扩大影响力，共同把这份代表山东文坛形象的文学期刊推向前去。

"只争朝夕，不负韶华。"这是中共中央总书记、国家主席习近平在2020年新年贺词中讲的一句话。其意是：珍惜当下时光努力奋斗，才能不辜负青春年华。回顾我和《山东文学》一起走过的春夏秋冬，虽说没有什么经天纬地的"话题"，但扪心自问，对得起从读者、作者到编者的经历。前不久，网上有一个视频颇有影响，叫作《后浪》，说的是一代有一代的责任和担当。如今，《山东文学》的接力棒传到刘玉栋主编一班人手中，他们年富力强，志向远大，必将不断迈上更高的高度。作为本省的作家和业余作者，还是首先要在它的浇灌培育下茁壮成长。记得曾有人建议，《山东文学》刊名带有地域色彩，还是换一换吧，叫《泰山》或者《黄河》会更有气势。我当即否定："一方水土养一方人。正因为有山东特色才会在全国文坛占有一席之地。"

常言道："人生七十古来稀。"当然，那是在过去科技不发达的年月，现在八九十岁也不稀奇了。而对于一份人们喜爱的文学期刊、特别是对于《山东文学》来说，在新一代主编和编辑们的心血、汗水里，七十华诞只不过是漫长征程上的加油站，一定会承上启下，继往开来，去书写更加辉煌璀璨的新篇章，为山东乃至全国的经济社会和文化事业做出应有的贡献。作为曾经与它相伴20年的老编辑、老主编，对此我抱有坚定的信念并给予热烈而真诚的祝福！

（原载2020年《山东文学》纪念刊）